CITY OF
WILD BEAST

맹수들의 도시

CITY OF
WILD BEAST
BBULMEDIA FANTASY STORY
동은 현대 판타지 소설

❷

맹수의도시

contents

1.

새로운 아침

CITY OF
WILD BEAST

다친 머리는 약국에서 소독약을 산 후 대충 처리했다.

약간은 얼얼하지만 며칠만 지나면 나을 것이라고 여겼다.

기현이나 성태가 본다면 당장 병원에 가야 한다고 난리를 칠 것이지만 겨우 이런 일로 병원에 갈 마음은 없었다.

도수는 피 묻은 정장 상의를 지하철 유료 사물함에 넣고는 파카를 하나 샀다.

밝은 회색으로 색상이 마음에 들지 않지만 그것밖에 입을 만한 것이 없었다.

그의 덩치에 맞는 옷이 근처 매장에 하나도 없었기 때문이다.

도수는 지하철을 타고 종로로 이동했다. 러시아워 시간이 지났지만 지하철에는 엄청나게 사람이 많았다.

히터는 빵빵하게 틀어져 있고 사람은 너무 많아서 숨이 막힐 정도로 더웠다. 한 여름도 아닌데 이마와 등줄기에서 땀이 흘러내렸다.

도수는 광화문에서 내렸다. 많은 사람들이 그와 함께 광화문에서 내린다.

수백 명이 우르르 내렸지만, 지하철 안에는 아직도 많은 사람들이 남아 있었다.

대부분 종로 3가에서 내릴 것이라 예상이 된다.

종로 3가에서 종각까지 걸어가든지, 1호선으로 갈아타든지 할 것이다.

도수는 핸드폰을 꺼내 시계를 확인했다. 아직 여덟 시밖에 되지 않았다.

광화문에서 종각까지 걸어가는 데 15분이면 충분하다.

남은 45분 동안, 사람이 붐비는 곳에서 추위에 떨고 싶은 마음은 없었다.

도수는 교일문고로 향했다. 지하철과 교일문고가 연결이 되어 있어 1분만 걸으면 갈 수가 있었다.

그에게 학구열 같은 것은 없었다. 책은 동생인 도영이 좋아했다.

사실, 친구들을 만나러 종로에 종종 오기는 했지만 교일문고 안에는 한 번도 가 본 적이 없었다.

내친김에 교일문고를 훑어보기로 했다. 그는 회전문을 열고 안으로 들어갔다.

지하철 안에서 만큼이나 많은 사람들이 교일문고 안을 가득 채우고 있었다.

유모차를 끌고 가는 젊은 부부, 추운 겨울이지만 짧은 미니스커트를 입고 책을 보는 늘씬한 미인, 말끔한 정장을 입은 사내, 대학생 커플 등 제대로 걷기에도 힘들 정도로 많은 사람들이 붐볐다.

도수는 괜히 문고 안으로 들어왔다고 후회했다. 지하철만큼이나 문고 안은 더웠다. 그는 천천히 주위를 돌아보며 걸었다.

정말로 많은 책들이 문고 안에 가득했다.

책에 흥미가 없는 도수이기에 책이 많다고 여길 뿐이지, 펴 보거나 하지는 않았다. 그의 눈에 시선을 끌 만한 것이 들어왔다.

구석에 있는 매장으로 잡다한 문구들을 파는 곳이었다. 도수는 그곳으로 가서 큐브를 집었다.

어렸을 적에 가지고 놀던 9칸 짜리 큐브가 아닌, 별 모양으로 된 큐브였다.

훨씬 복잡했다.

여러 사람들이 큐브를 맞추기 위해서 머리를 굴렸지만 성공시킨 사람은 없는 모양이었다.

위이이잉—

마침 유정에게 전화가 왔다.

"여보세요."

―저예요, 유정이. 어디세요?

유정은 밝은 목소리로 물었다. 약간의 잡음이 들리는 것으로 보아 사람이 많은 곳에 있는 모양이었다.

하긴, 종로에 도착했다면 어디를 가든 북적거리는 소리가 들릴 테지만.

"종로입니다."

―아, 벌써 오셨어요. 저도 종론데. 종로 어디신데요?

"교일문고입니다."

―앗, 정말요? 저도 교일문곤데. 우와, 우리는 정말 뭔가 보이지 않는 끈으로 연결되어 있나 보네요. 대박, 제가 그쪽으로 갈게요. 어디 앞이에요.

"음, 공책도 팔고, 다이어리도 팔고, 뭐 그런 곳입니다."

―아하, 알았어요. 근처니까 금방 갈게요.

유정의 전화가 끊겼다.

그녀도 여기 있다고?

도수는 헛웃음을 지었다.

그녀의 말대로 정말 보이지 않는 끈이 연결되어 있는 것은 아닐까, 라는 의문이 들 정도였다.

텔레파시를 보낸 것도 아닌데 전혀 예상하지 못한 곳에서 두 번이나 만나는 것은 정말로 어려운 일이었다.

물론 유정이 책을 좋아한다면 이곳에 있을 확률이 높았지만 자신은 전혀 아니지 않은가.

전화를 주머니에 집어넣은 도수는 다시 큐브를 들었다.

유정이 자신을 찾을 때까지 한 번 해 볼 생각이다.

그는 휙휙 두터운 손을 놀리며 큐브를 돌렸다. 생각보다 훨씬 복잡했다.

그래도 집중이 잘 되어서 좋다. 다른 생각은 하지 않아도 되니 말이다.

"도수 씨."

아주 가까운 곳에 유정이 있었던 것 같다. 전화를 끊고 2분도 되지 않았는데 그녀가 도수를 불렀다. 도수는 고개를 돌려서 유정을 바라봤다.

도수의 눈동자가 커졌다가 작아졌다.

잠시 자신이 다른 사람을 본 것이 아닌지 몇 번이나 다시 유정을 바라봤다.

낮에 봤던 그녀가 아니었다.

유정은 꽃무늬가 들어간 화려한 원피스를 입고 있었다.

미니스커트처럼 짧은 원피스라 허벅지가 훤히 보였다. 날씬한 각선미가 우월하다.

10㎝나 되는 힐을 신고 목 주위에 부드러운 갈색 털이 달린 코트를 걸쳤다.

옅은 화장을 하고, 눈썹을 그리고, 립스틱도 발랐다.

그녀가 환하게 웃으며 머리카락을 넘기자 귀에서 반짝이는 링 귀걸이도 보였다. 살짝 드러난 쇄골이 도수의 시선을 아찔하게 한다.

예쁘다는 것은 알고 있었지만 이 정도일 줄은 상상도 하지 못했다.

"크흠."

도수는 자신도 모르게 헛기침을 하고 말았다.

도저히 그녀를 정면으로 바라볼 수가 없었다. 눈을 둘 곳도 찾지 못했다.

"헤헤, 저 왔어요."

유정은 혀를 쑥 내밀었다.

항상 활동하기 편한 옷만 찾아 입던 그녀도 이렇게 입은 것이 오랜만인지 꽤나 쑥스러운 모양이었다.

유정은 자신도 모르게 치마를 잡아서 밑으로 내렸다. 자꾸 속옷이 보일까 봐 신경이 쓰이는 눈치였다.

"아직 약속 시간이 남았는데 여기는 무슨 일로……."

도수는 자신이 딱딱하게 굳었다는 것을 느꼈다. 자꾸 유정을 의식하게 되어 자연스럽게 행동하기가 어려웠다.

"헤헤, 제가 이렇게 보여도 책을 좋아해서요. 쉬는 날이면 혼자서 교일문고에 자주 와요."

"혼자서요?"

"네, 친구들하고 수다 떠는 것도 좋지만 혼자서 책을 보거나, 영화를 보는 것도 좋아하거든요."

그녀가 메고 있는 가방 옆으로 두 권의 책이 삐죽하게 튀어나와 있었다.

어쩐지 수긍이 간다.

책이라는 단어가 꽤나 그녀와 어울렸다.

"그런데 도수 씨도 책을 좋아하나 봐요. 도수 씨가 교일문고에 있다는 말을 듣고 깜짝 놀랐다니까요."

그것도 수긍이 간다.

누가 보더라도 자신과 책은 어울리지가 않았다.

"그냥 한 번 둘러봤습니다."

"사실 책 있으면 기다릴게요, 더 보세요."

"아니요, 정말 됐습니다."

"후후, 그럼 나가죠. 저녁 드셨어요?"

"아직입니다."

"그럼 제가 안내해도 될까요?"

"그러시죠."

"메밀국수 좋아하세요?"

메밀국수라.

그러고 보니 출소하고 나서 면 종류는 한 번도 먹은 적이 없었다.

교도소에서도 마찬가지였다.

메밀국수라는 국수가 있었는지 10년간 한 번도 떠올리지 못했다.

메밀국수를 떠올리자 배가 고파졌다.

"좋아합니다."

"헤헤, 잘됐네. 제가 잘 아는 집이 있어요. 대학 때부터 다니던 곳인데 맛은 보장하죠."

친해졌다고 생각했는지 유정은 꽤나 살갑게 굴었다.

애교도 훨씬 많아졌고, 여성스러운 면도 많았다. 그녀가 웃으며 머리카락을 뒤로 넘길 때마다 향긋한 샴푸 냄새가 도수의 폐부 속으로 들어왔다.

정신이 아찔해질 정도로 좋은 냄새였다.

거친 짐승들만이 살던 곳에서는 절대로 맡을 수 없는 향기였다.

유정은 도수의 옆에 바짝 붙었다.

힐을 신고 있어서 그런지 그녀의 신장도 상당히 커 보였다.

그럼에도 도수 옆에서는 작고 마른 새처럼 보였다.

둘은 보폭을 맞춰서 함께 걸었다. 사람들의 시선이 느껴졌다.

거구의 도수와, 연예인이 온다고 하더라도 결코 밀리지 않는 미모를 가진 여 기자.

둘의 조합은 확실히 눈에 띄었다.

유정도 사람들의 시선을 느끼는지 볼이 불그스름하게 변했다.

그들이 떠난 자리에는 도수가 맞춰 놓은 큐브가 놓여 있었다.

한 서점 직원이 큐브를 보며 자신보다 조금 어려 보이는 다른 직원에게 물었다.

"이거, 저 덩치 큰 사람이 맞춘 거지?"

"아, 네. 저도 그 사람이 맞추는 것을 보고 깜짝 놀랐습니다."

"몇 분이나 걸렸는데?"

"몇 분이랄 것도 없었습니다. 그냥 휙휙 돌리더니 맞춰 놓던데요?"

"헐, 정말 겉보기와는 전혀 다른 사람일세."

"그러게요. 겉으로 보기에는 완전 깡팬데."

이 큐브를 맞추는 사람은 몇 달에 한 번 볼까 말까 하다. 맞춘다고 하더라도 꽤나 오랜 시간을 잡아먹는다. 하지만 이렇게 장난하는 것처럼 한 번에 맞추는 사람은 그들도 본 적이 없었다.

그들은 멀어져 가는 도수의 등을 보며 놀란 표정을 지우지 못했다.

유정이 도수를 데리고 간 메밀국수집은 종로 3가와 종각 중간 지점에 있었다.

화려한 고층 빌딩 1층에 있는 메밀국수 전문점이었다. 메밀국수 전문점 옆으로는 치킨 집과 편의점, 커피 전문점이 줄지어 있었다.

메밀국수집으로 들어가자 사람들이 벅적거렸다.

거의 모든 테이블이 차서 유정과 도수는 10분 정도 기다려야만 했다.

벽면에는 유명 연예인들의 사인이 담긴 사진이 보였다.

잘 먹고 갑니다, 부자 되세요, 라고 적혀 있었다. TV촬영도 몇 번이나 나왔던 모양이었다.

10분이나 지나서 자리가 나자 도수와 유정이 자리에 앉았다.

조선족 말투를 쓰는 아줌마가 다가와서 뭐 드시겠냐고 물었다.

바빠서 그런지 아니면 말투가 그런지 친절이라고는 눈을 씻고 찾아봐도 보이지 않았다.

유정이 메뉴판을 넘기며 물었다.

"뭐 드시겠어요?"

"메밀국수 드신다면서요."

"그렇네요. 저기, 이모, 여기 메밀국수 두 개랑 수육 가져다주세요."

"메밀 두 개랑 수육 중 자요?"

"네. 도수 씨, 반주 한잔하실래요?"

꽤나 술을 좋아하는 여자다. 그녀를 만나고 나서 술이 빠진 적이 없었던 것 같다.

도수는 고개를 끄덕였다. 유정은 조선족 종업원에게 말을 덧붙였다.

"소주 한 병도 추가요."

"네, 알겠습니다."

조선족 종업원은 계산서에 메밀국수와 수육, 소주에 표시를 하고는 탁자 위에 올려놨다.

밑반찬이 먼저 나오고 소주병과 잔이 올라왔다.

밑반찬이라고 할 것까지 없었다. 양념이 된 단무지와 깍

두기가 다였으니까.

사람들이 많은 곳에서 큰 잔에 소주를 마실 수가 없었던지, 유정은 작은 잔에 소주를 따랐다.

"내년을 위해서 건배."

"내년을 위해서라……."

도수는 입술 한쪽 끝을 올렸다. 과연 내년에 뭐가 있을까, 라고 생각해 본 적이 없었다.

10년 간 오직 놈들에게 어떤 식으로 되갚아 줄 것만 생각해 왔다.

놈들을 끌어내려서 사라지게만 할 수 있다면 죽더라도 상관이 없었다.

내년이 아니라 당장 내일 어떻게 될지 모르는 몸이었다.

그것을 유정에게 말을 할 수는 없는 노릇이다.

도수는 그녀의 손을 따라서 소주잔을 들었다.

잠시 후 수육과 메밀국수가 나왔다.

메밀국수는 한 판이 아니라 두 판으로 되어 있었다.

도수는 육수에 메밀국수를 넣었다. 그러자 유정이 '어우, 그렇게 드시면 어떡해요. 잘 안 드시나 보네요.' 라는 말을 하고는 김과 파, 갈은 무를 넣어 주었다.

훨씬 시원한 맛이 난다.

수육도 마찬가지였다. 둘의 궁합은 잘 맞았다.

도수는 단 네 젓가락에 메밀국수 두 판을 모두 먹어 치웠다.

그의 식성을 보며 유정은 놀라워했다.

"역시 덩치만큼이나 잘 드시네요. 많이 드세요, 오늘은 제가 쏠 테니까요. 여기요, 이모. 메밀국수 하나 더 주세요."

유정은 시원스럽게 말했다.

둘은 소주잔을 주거니 받거니 하며 앉은 채로 세 병이나 비웠다.

그동안 도수는 메밀국수 4인분, 여덟 판을 먹어 치웠다. 조선족 종업원은 엄청나게 메밀국수를 먹어 대는 도수를 보며 꽤나 놀란 눈치였다. 마지막 한 판은 서비스라며 가져다 줄 정도였다.

술이 약간 부족한 감이 없지 않았지만, 거기서 멈추기로 했다.

보신각종을 치는 장면을 보기로 했지 않았던가. 더 이상 술을 마셨다가는 취기가 올라 내년으로 넘어가는 장면을 놓칠 듯싶었다.

배를 든든하게 채운 도수와 유정은 메밀국수 집을 나섰다.

차가운 바람이 불지만 그다지 춥지는 않았다. 술이 들어간 덕분이었다.

유정은 목도리를 둘둘 말고는 코트 주머니에 손을 넣었다.

"벌써 11시 반이네요. 아, 올해도 이렇게 가는구나. 내년이면 해 놓은 것도 없이 28살이나 되네."

유정이 별빛 하나 보이지 않는 어두운 서울 하늘을 보며 탄식했다.

그녀의 입에서 더운 입김이 흘러나왔다. 그런 그녀를 보고 있자니 웃음이 나오는 도수였다.

어쩐지 아이들과 같은 천진난만함이 엿보였다.

도수와 유정은 보신각이 있는 곳을 향해서 걸었다. 자정이 다 되어 가지만 인파는 엄청나게 많았다. 모두 도수와 유정이 걷는 방향과 같았다.

유정은 잠시 주변을 훑어보더니 도수의 팔에 팔짱을 끼었다.

잠시 주춤거리는 도수였다.

유정은 아무렇지도 않다는 듯이 밝게 웃었다. 그녀도 꽤나 큰 용기를 냈다.

술의 힘을 빌리지 않았다면 이런 대담한 짓을 할 생각은 하지 못했을 것이다.

"그래도 올해는 혼자 보내지 않아서 다행이에요."

"작년에는 혼자였어요?"

"작년뿐만이 아니라 재작년에도, 재재작년에도 혼자였네요."

"왜요?"

도수는 이해가 가지 않았다.

이 정도의 미모를 가지고, 이 정도의 학벌에, 이 정도로 매력이 있는 여자라면 사내들이 주변에 들끓었을 것이라고 생각했다.

"왜긴요. 옆구리에 한 명도 없었으니까요. 친구 년들은 다 제짝과 보내느라 저를 혼자 내버려 뒀다니까요. 얄미운

년들. 지들 남자친구랑 싸웠을 때는 쪼로록 달려와서 눈물, 콧물 짜면서 하소연 하는 말들 다 들어 줬구만."

"주변에 괜찮은 남자들 많을 것 같은데."

진심이었다.

"글쎄요, 제가 관심이 없었다는 말이 정확하겠네요. 입사하고 나서 정말 정신이 하나도 없었거든요. 매일 야근에, 새벽 같이 일어나서 출근하고, 출장은 또 왜 그렇게 많은지. 집, 회사, 집, 회사. 이것만 반복이었어요. 그러다 보니 어느새 3년이란 세월이 흘렀더라고요. 오죽하면 엄마가 선을 보라고 몇 번이나 선 자리를 받아 왔어요. 전 싫다고 했지만."

"많이 바빴군요."

"그런 셈이죠. 대시한 남자들은 꽤 돼요. 그런데 뭐랄까⋯⋯ 필이 오지 않는다고 할까. 다 그냥 그랬어요. 몇 번 만나는 봤지만 재미가 하나도 없고, 짜증만 났어요. 남자들의 머릿속이 다 그렇죠. 어떡하든 저와 하룻밤을 보내고 싶어서 눈이 벌개졌으니까요. 영양가가 하나도 없었어요. 차라리 그런 남자들과 시간을 보내느니, 혼자서 책 보고 영화 보는 편이 낫다고 생각했죠."

도수는 잠자코 고개를 끄덕였다.

"도수 씨는요?"

"저 뭐요?"

"여자 친구 없었어요?"

"네."

"에엑, 정말요? 고등학교 때나, 대학교 때, 아니면 사회생활하면서도요?"

유정은 말도 안 돼, 라는 표정으로 큰 눈을 동그랗게 뜨고 도수를 올려다보았다.

"정말입니다. 사귈 여건도 되지 않았고요."

10년간 감방에 있었습니다, 라고 차마 말은 할 수가 없었다.

솔직하게 말을 하고 싶은 마음도 들었지만 입안에서만 맴돌 뿐이었다.

어쩌면, 그녀가 실망을 하고 돌아서는 뒷모습이 보고 싶지 않기 때문인지도 몰랐다.

"여자들이 굉장히 좋아할 타입인데. 키 크지, 남자답지, 몸매 죽이지, 아, 흠흠. 이건 저만 아는 사실, 얼굴도 이 정도면 쓸 만하고. 그런데 얼굴에 흉터는 뭐예요? 얼굴에 흉터 때문에 너무 사납게 보여서 그런가?"

유정은 도수 뺨에 길게 그어진 자상을 가리키며 물었다.

"그냥……."

도수는 얼버무릴 수밖에 없었다.

강단이 있는 여자지만 칼에 찔렸다고 하면 어떤 표정을 지을지 예측하지 않아도 알 수가 있었다.

"말하고 싶지 않으면 안 하셔도 되요. 비밀이 많은 남자라, 후후, 어쩐지 매력적인데요? 와우! 사람 봐."

그들은 보신각 근처에 다다랐다. 너무 많은 사람들이 모여서 더 이상 앞으로 나갈 수가 없었다. 인파는 차도까지 꽉 메웠다.

타종 행사가 시작되었다.

대한민국에서 이름을 들으면 누구나 알 만한 사람들이 한복을 입고 타종을 울렸다.

종소리는 공기를 타고 맑고 우아하게 퍼져 나갔다.

각각의 사람들이 올해 한 해를 잘 마무리하고 내년의 소원을 빌었다.

유정과 도수의 손은 어느새 맞닿아 있었다.

일부러 그랬는지 아니면 깜빡 했는지 모르지만 장갑을 끼고 있지는 않았다.

차갑게 얼어붙은 두 손등이 맞닿았지만 누구도 떼지 않았다.

도수는 그녀의 손을 잡았다. 손등은 차가웠으나 손바닥은 따뜻했다.

유정은 아무런 말을 하지 않았다.

대신, 같이 손바닥에 힘을 주는 것으로 대답을 대신했다.

둘은 같은 곳을 보고 있었다.

언젠가 그녀에게는 자신의 과거를 털어놓을 수 있을 것이란 예감이 들었다.

비록 그녀의 심정이 변해서 자신에게 등을 돌린다고 하더라도……

그것이 그녀에 대한 예의였고 배려였다. 도수는 유정의 손을 힘 있게 쥐었다. 그녀는 도수를 슬쩍 보고는 빙그레 미소를 지었다.

도수는 새벽 6시가 돼서야 오피스텔로 돌아왔다.

그와 유정은 타종 행사를 보고 해가 뜰 때까지 걸었다.
힐을 신은 유정이 발이 아프다고 하면 아무 카페나 들어가
서 차를 마셨다.

밤새 둘은 많은 대화를 나눴다.

유정의 아버지는 고위 공무원이고 어머니는 전업주부라고
하였다.

하지만 반년 전 어머니에게서 암이 발견되었다.

말기 췌장암으로 길어야 1년밖에 살지 못한다는 선고를
받았다.

아버지는 공무원을 그만두고 어머니 병수발을 거들었다.

두 분은 몇 달간 공기가 맑은 요양원에 있었지만, 어머니
가 집으로 오고 싶다고 하여 한 달 전에 올라왔다.

자식들이 눈에 밟혀서 도저히 그곳에 있고 싶지가 않다고
하였다.

가족들이 지극 정성으로 매달렸던 덕분인지 어머니는 훨
씬 나아졌다. 지금은 산책도 다니고, 얼굴색도 밝아졌다.

아침저녁으로 자식들 식사를 빼놓지 않고 차려 놓는다.

그녀의 동생은 경찰 대학교의 학생이다. 올해 졸업한다.

워낙 물불을 가리지 않는 성격이라 상부에서도 골치가 아

픈 모양이지만, 성적은 항상 최상위권이었다.

그를 데리고 가기 위해서 꽤 많은 선배들의 눈치 작전이
벌어지고 있는 모양이었다.

현재는 그도 바쁠 때다.

그런데도 매주 서울로 올라와 어머니를 살폈다. 하루라
도, 아니 한 시간이라도 더 행복하게 살았으면 하는 것이
유정의 소원이었다.

그녀는 타종 행사를 보며 내년에도 어머니를 볼 수 있기
기도했다.

그녀의 이야기를 들으며 도수의 어머니를 생각했다.

이제는 다시 볼 수 없는 어머니를.

어머니에게 제대로 된 효도 한 번 하지 못한 것이 천추의
한으로 남아 있었다.

그리고 그를 이렇게 만든 형태와 도영의 친구들을 저주했
다.

이 엿 같은 소설과 같은 얘기의 끝이 어떻게 될지 알 수
없지만 해피엔딩이 아니라는 것은 장담할 수가 있었다.

해가 뜨는 것을 보고 둘은 헤어졌다. 그녀는 방긋 웃으며
말했다.

"이제 우연을 기대하면서 당신을 만나지 않아도 되겠네요.
언제라도 연락을 할 수 있으니까. 한숨 자고 전화할게요."

도수는 그녀를 향해서 부드럽게 미소를 지어 주었다.

그녀를 향해 웃는 자신의 모습을 발견한 도수는 깜짝 놀

랐다.

자신이 언제부터 이런 미소를 짓게 되었는지 의아하기만
했다.

웃는다는 것, 자체를 잃어버린 줄 알았는데.

도수는 고개를 흔들었다.

그녀와 친해지면 친해질수록 마음속에 가득했던 살기가
줄어드는 것을 느꼈다.

……그러면 안 된다.

내년 따위 기대해서는 안 된다.

적어도 놈들이 피눈물을 흘리면서 죽는 것을 볼 때까지
행복 따위를 찾아서는 안 되는 것이다.

어머니가 하늘에서 울고 있을지도 모른다.

밤마다 꿈에 찾아와 형, 여긴 너무 어두워. 제발 나를 꺼
내 줘, 라고 울부짖는 도영을 잊어서도 안 되는 것이다.

도수는 가부좌를 틀고 앉았다.

그는 10년간 세웠던 계획을 하나둘씩 뇌리에서 끄집어냈
다. 놈들의 처참한 비명이 귀에서 울리는 듯하다.

놈들의 얼굴이 떠오를수록 줄어들었던 살기가 급격하게
치솟았다.

부드러워졌던 눈매가 살아나며 사납게 변해 갔다.

도수는 다시 맹수로 돌아간다.

도수는 옷을 차려입고 지하 주차장으로 내려갔다.

자고 있을 때 기현에게 전화가 왔었다.

민태가 가족들과 같이 식사를 하자고 제안했다고 한다.

혼자서 청승맞게 집에서 뒹굴고 있지 말라는 말도 덧붙였다. 도수는 알았다고 대답하고 다시 잠이 들었다.

성태에게 전화가 왔다. 지하 주차장에 있으니 준비되면 오시라고 말했다.

도수는 시계를 보았다.

오후 여섯 시였다.

아직 여섯 시밖에 되지 않았는데 어둠이 찾아오고 있었다.

간판의 불이 켜지며 네온사인들이 빛을 냈다. 헤드라이트를 켠 차량들이 꼬리에 꼬리를 물고 도로를 이어 갔다.

따뜻한 물로 샤워를 한 도수는 블랙 정장을 차려입고 성태가 있는 지하 주차장으로 내려가자 성태가 그를 반겼다.

"안녕하셨습니까, 형님."

깔끔한 정장을 차려입은 성태가 도수를 보며 반갑게 인사를 했다.

평상시에 매지 않던 넥타이도 목에 걸려 있었다. 육중한 몸에 넥타이를 매자 목이 보이지 않았다.

"그래."

도수는 고개를 끄덕였다.

성태 뒤에는 고급 세단이 자리를 잡고 있었다.

그는 후다닥 달려와 뒷문을 열었다.

도수가 자리에 앉았다. 뒷좌석에서 가죽 냄새가 났다.

새로 뽑은 지 얼마 되지 않는 차였다. 앞좌석은 아직 비닐로 뜯지 않았다.

　"차 새로 샀나?"

　도수가 물었다.

　"아닙니다. 이 차는 형님 겁니다. 형님이 운전면허를 딸 때까지 제가 운전 기사 노릇을 할 겁니다."

　이건 또 무슨 소리인가. 자신도 모르게 차가 생겼다는 말인가.

　혹여 기현이 사 준 것일까.

　그렇다면 부담이다. 당장 돌려줘야겠다.

　"큰 형님께서 사 주신 겁니다. 형님이 차도 없고, 면허도 없다고 하니, 웃으시면서. 요즘 운전면허 없는 놈이 다 있어, 라고 하셨습니다. 그러시면서 어서 운전면허를 따. 이 차는 미리 선물로 주는 거야, 라고 말을 했습니다."

　"부담스러운 호의군."

　"부담가지지 않으셔도 됩니다. 큰 형님께서는 마음에 들어 하는 사람을 만나면 선물을 주지 않고 못 배기거든요, 천성입니다."

　일방적인 천성이지…… 받는 사람의 입장도 생각해 줘야지, 라고 말을 하려 했지만 입 밖으로 내지는 않았다.

　직접 얘기하면 될 것은 굳이 성태에게 말을 할 필요는 없었다.

　성태가 운전하는 차는 청담동에 있는 고급 한식집에 도착했다.

보통 음식점 같지가 않아 보였다. 민속촌에 온 것처럼 기왓장이 있는 높은 담장이 빙 둘러져 있었고 밖에서도 갈대가 보였다.

차량이 도착하자 주차원이 다가와 성태에게 키를 받아 주차를 했다.

"들어가시죠, 형님."

성태가 앞장서서 걸었다.

목조 대문을 지나자 한복을 입은 고운 미녀가 배에 손을 대고 공손히 인사했다.

참으로 근사하게 지어진 집이었다.

마당에는 자갈이 깔려 있었고, 도수가 발을 디딜 수 있는 곳에는 새카만 큰 돌이 깔렸다.

한쪽에는 커다란 잉어와 붕어가 있는 연못과 물레방아가 돌아가며 운치를 높였다.

한복을 입은 여인은 도수와 성태를 한옥 건물 끝에 있는 방으로 데려갔다.

안에서 남녀의 웃음소리가 들렸다.

아이들이 쿵쾅거리며 뛰어놀자 '좀 앉아 있어'라고 성을 내는 여인의 목소리도 들렸다.

"큰 형님, 저 성태입니다. 도수 형님 데리고 왔습니다."

보이지도 않는데 성태가 허리를 숙여 인사하며 말했다.

문풍지 안쪽에서 굵은 사내의 목소리가 흘러나왔다.

도수와 성태가 구두를 벗고 차가운 마루에 올라섰다. 그들의 신발은 한복을 입은 여인이 앞뒤를 바꿔서 바로 놓았다.

문을 열고 들어서자 여러 사람이 보였다.

"오셨습니까, 형님."

기현이 자리에서 일어나 도수를 맞았다.

도수보다 약간 연장자로 보이는 여인도 자리에서 일어났다.

머리를 단정하게 뒤로 묶었고, 옅은 화장은 한, 동양적인 느낌이 물씬 풍기는 여인이었다. 대략 나이는 30대 중후반 정도로 보였다.

그녀가 민태의 아내라는 것은 대번에 눈치챌 수가 있었다.

그녀의 옆에서 두 아이가 도수를 멀뚱멀뚱하게 쳐다봤다.

새카만 두 쌍의 눈동자가 도수와 마주쳤다.

"인석아, 삼촌한테 인사해야지."

민태가 아들들을 향해서 말했다. 그러자 두 아이는 배꼽 인사를 하며 허리를 숙였다.

"안녕하세요, 삼촌. 저는 민상현이라고 합니다."

약간 키가 큰 아이가 먼저 말했다.

"안녕하세요, 삼촌. 저는 민원희라고 합니다."

이번에는 조금 작은 아이가 말했다.

"그래, 반갑구나. 나는 마도수라고 한다."

"네, 삼촌."

고개를 끄덕인 아이들은 다시 방 안을 뛰기 시작했다.

큰 아이가 로봇 모양의 장난감을 가지고 뛰자 작은 아이가 그것을 달라면서 뛰는 모양이었다.

"아우, 시끄러워. 어서 앉게."

"네."

고개를 끄덕인 도수가 기현의 옆에 앉았다.

성태도 눈치를 보며 도수의 옆에 앉았다.

성태가 상의 가장 끄트머리에 앉은 모양새였다.

"일단 소개부터 하지. 저 시끄러운 두 놈은 보다시피 내 아들놈들. 여섯 살, 네 살이지. 그리고 여기 이 처자는 내 안사람이야."

민태가 자신의 아내를 소개했다.

그의 아내는 안녕하세요, 김소희라고 합니다, 라며 자신의 이름을 말했다.

그도 마도숩니다, 라고 짧게 대답했다.

"이 집에 와 본 적 있나?"

민태가 물었다.

"처음입니다."

이런 옛정취가 물씬 풍기는 고급 음식점이 청담동에 있다는 것도 처음 알았다.

"여기 갈비가 으뜸이야. 갈비를 먹으려면 수원으로 가라고 하지만 이곳도 그 못지않게 맛이 좋지. 물론 조금 비싼 것이 문제기는 하지만."

그의 말대로 탁자 위에는 한 상이 크게 벌어져 있었다. 가짓수만 마흔 개가 넘어 보였다.

이렇게 많은 음식을 누가 다 먹는지 입이 떡 벌어질 뿐이었다.

"그런데 무슨 일로 저를……."

저를 왜 보자고 했냐고 묻는 말이다.

말끝을 흐렸지만 못 알아들을 민태가 아니었다.

그는 술잔을 들어서 도수에게 따라 주었다.

"일단 한 잔 쭉 하게. 여기 술은 맛이 좋아, 동동주의 한 종류인데 독하기도 하고, 뒤끝도 깔끔하지."

그의 말대로 술맛은 독특했다. 청하와 비슷한 색이지만 맛은 훨씬 달짝지근했다. 소주보다는 약하지만 막걸리보다는 독하다. 감칠맛이 돌며 식욕을 일으켰다.

"어때 괜찮지?"

민태가 빙그레 웃으며 물었다.

"그렇군요."

"자, 모두 한 잔씩 하자고."

민태는 기현과 도수, 성태에게도 한 잔씩 따라 주었다. 성태는 무릎까지 꿇으며 황송하다는 듯이 잔을 받았다.

가격은 알 수 없지만 꽤나 비쌀 듯한 술이 다섯 병이나 비워졌다.

양주를 먹어도, 소주를 먹어도 잘 취하지 않는 도수지만 이번 술은 조금 달랐다.

취기가 금방 오른다.

그들이 술을 마시는 동안 김소희는 아이들을 돌보았다.

아이들을 부드럽게 돌보다가도 말을 듣지 않자 갑자기 버럭 소리를 질러 도수와 기현, 성태를 깜짝 놀래키기도 했다.

"아들들의 엄마는 다 저런다네. 아무리 조숙한 여인도 아들들의 엄마가 되면 저렇게 변하고 말지."

그런 소희와 자식들을 보며 민태는 껄껄 웃었다.

그런 민태를 향해서 소희가 째려보자 그는 찔끔한 표정으로 입을 다물었다.

"장담하지만 대통령도 집에 가면 공처가가 될 거야. 그런 큰 사람의 아내가 되려면 보통 배포를 가진 것이 아닐 테니까."

민태의 말에 기현과 성태가 웃음을 터트렸다.

도수는 말없이 잔을 기울였다. 뭔가 할 말이 있지만 뜸을 들인다는 느낌을 강하게 받았다.

"그래서 말인데……."

민태는 도수의 비어진 잔에 술을 부으며 넌지시 말을 건넸다.

"말씀하십시오."

"솔직히 탁 까놓고 말하지. 자네 내 밑으로 들어오는 것이 어떤가. 내 청담동에 있는 마야 클럽 부장 자리를 주지."

민태에 말에 기현과 성태의 입이 떡 벌어졌다.

마야 클럽은 강남에서 가장 크고 물이 좋다는 클럽이었다.

그곳에만 가면 연예인들도 심심치 않게 볼 수가 있을 정도였다.

그의 조직이 벌어들이는 매상 중에서 총 20퍼센트에 달

할 정도로 엄청났다.

한마디로 노란자 중에 노란자인 셈이었다.

그곳만큼은 다른 동생들에게 맡기지 않고 직접 관리를 하는 중이었다.

그만큼 그곳에 쏟는 애정도 대단했다.

그런 곳에 부장 자리를 준다고 하였다.

부장자리는 실질적인 영업을 담당하는 자리였다.

곧, 그에게 전권을 맡긴다는 소리와도 같았다.

민태는 도수를 겨우 한 번 봤을 뿐이다. 열 길 물속은 아라도 사람 속은 모른다는 말이 있다. 그런데 무엇을 믿고 그 큰 자리를 도수에게 맡기려고 하는지 기현도, 성태도 알지 못했다.

오히려 너무 큰 배포에 심장이 심하게 뛸 뿐이었다.

더욱 황당한 것은 도수의 대답이었다.

"싫습니다."

넙죽 엎드려서 각골난망하겠다고 해도 모자를 판에 싫다니.

"싫어? 왜, 서울뿐만이 아니라 전국에서 마야 클럽을 가지려고 아우성치는데."

"관심 없습니다."

"허허허, 이것 참."

민태는 허탈한 웃음을 지었다.

그가 보기에 도수는 돈으로 움직이는 사내가 아니었다. 그렇다고 의리나, 믿음으로 움직이는 사내도 아니었다.

하지만 민태는 도수가 너무도 마음에 들었다.

기현도 믿음직스러웠지만 도수는 한 마리의 야생동물을 보는 느낌이었다.

그와 함께 사업을 한다면 다른 조직의 위협에 굴복하지 않을 자신도 있었다.

그렇기에 그는 크게 배팅을 한 것이다.

나의 가장 중요한 사업장을 내주겠으니, 함께하자.

내심 도수가 거절할 수도 있을 것이라 여겼다.

이 세계 대해서 거의 아는 것이 없다고 여겼기 때문이다. 그래도 대한민국 최고라고 자부하는 클럽의 부장을 단칼에 거절할 주는 전혀 예상하지 못했다.

"자네 취직할 건가?"

취직이라…… 한 번도 생각해 보지 않았던 문제였다.

내일이 없다고 단언하는 그였기에 열심히 일을 해서 먹고 산다는 개념도 없었다.

돈을 번다, 라는 생산 활동은 놈들을 모두 끝장 낸 다음에 생각해 볼 문제였다.

"돈은 있나? 돈이 있어야 뭔가를 할 것 아닌가. 취직을 하지 않는다면 사업을 할 테니. 그런데 말이야. 우리 같은 사람들에게 금융권은 손을 내밀어 주지 않아. 사채라면 모를까."

사채.

그 소리를 듣는 순간 속에서 욱하는 감정이 밀려왔다. 도영의 실종 이후로 사채라는 말만 들으면 이상하게 살기가 돈다.

그의 입장에서는 살인자는 용서할 수가 있어도 사채업자는 용서할 수가 없었다.

"영업 부장 자리가 마음에 들지 않으면 용병으로 뛰게. 섭섭지 않게 대우를 해 주지. 어떤가."

"용병을 하란 말씀은?"

이해가 되지 않는 말이었다.

"좋게 말해서 알바인 셈이지. 머리 아픈 일은 할 필요 없고 클럽 안에서 벌어지는 일들만 책임지면 되지. 예를 들면 애들끼리 싸움이 난다거나, 강간이 일어난다거나, 마약을 판다거나. 이런 놈들만 잡아내면 되지."

"죄송합니다. 저랑은 잘 맞지 않는 것 같군요."

도수는 고개를 가로저었다.

어떤 미사어구를 붙여도 건달이 되는 길이었다.

그는 건달이 될 생각이 추호도 없었다.

"이것 참…… 안타깝구만. 그럼 생각이라도 해 주게. 얼마든지, 넉넉하게 생각을 하고 답을 주게나."

한 조직의 보스가 이렇게까지 말을 하는데 싫습니다, 형님이나 더 강요하지 마십시오, 라고 말을 할 수가 없었다.

이미 그는 충분히 고개를 숙이는 중이었다.

"알았습니다. 생각해 보겠습니다."

"그래, 그래. 꼭 좋은 소식이 오기를 기다리겠네."

민태는 껄껄 웃었다. 시간은 번 셈이다.

그동안 삼고초려를 하여 도수의 생각을 바꿀 생각이었다.

건달이라고 하지만 꼭 깡패들만 있는 것은 아니다.

이곳에도 충분히 낭만이 남아 있다, 라는 것을 보여 줄 심산이었다.

"자, 오늘은 마시고 죽자고."

기분이 좋아진 민태는 다섯 병의 술을 더 시켰다. 한복을 입은 예쁜 여종업원이 차갑게 해 놓은 술병을 가지고 들어왔다.

"오늘 새해 첫날이에요. 마시고 떡이 되기만 해 봐요."

소희가 방글방글 웃으며 민태의 귓가에 속삭였다.

그녀의 말을 듣는 순간 민태는 찔끔할 수밖에 없었다.

하지만 동생들도 함께 있는데 바가지는 긁지 않겠지, 라는 표정을 짓고는 주책없이 술을 연신 입안으로 가져갔다.

소희의 얼굴이 점점 험악하게 변하는 것을 모두가 느꼈지만, 정작 본인은 알아차리지 못하고 있었다.

2.
살의

CITY OF
WILD BEAST

민태는 또 다시 떡이 되고 말았다.

소희가 몇 번이나 눈치를 줬지만 이미 취한 그는 뜨끈뜨 끈한 방구석에서 뻗어 버렸다.

예전 구들방처럼 방바닥이 너무 따뜻해서 취기도 빨리 오른 모양이었다.

아이들이 아빠 놀자, 하면서 배에 올라타도 모를 정도였다.

천장이 무너져라 코를 골았다.

소희는 그런 남편을 보며 몇 번이나 한숨을 쉬었다.

저렇게 뻗어 버리면 한두 시간은 지나야 정신이 돌아온다 는 것을 그간의 경험으로 알고 있었다.

소희는 도수와 기현, 성태에게 죄송하다며 사죄를 했다.
그들은 깜짝 놀라 소희에게 같이 고개를 숙였다.

성태와 기현이 민태를 부축하면서 밖으로 나왔다. 차가운 바람이 그의 얼굴을 때리자 조금은 정신이 돌아오는 모양이었다.

"어라, 여긴 어디야."

"청담동 한식집입니다, 형님."

성태가 민태에 말에 대답했다.

"청담동 한식집. 아, 맞아…… 그곳에서 술을 마시고 있었지."

"네, 형님."

"와이프하고 애들은?"

"뒤에 있습니다."

민태는 뒷골이 서늘해지는 것을 느꼈다.

뒤를 돌아볼 용기가 나지 않는지 더욱 취한 것처럼 행동했다. 최소한 오늘 만큼은 바가지를 긁힐 일이 없기를 바라면서.

한식집 종업원들이 기현과 성태를 도왔다.

고급 음식점이라 그런지 서비스도 일품이었다.

한복을 입은 지배인이 직접 나와 마중을 했다. 목조 대문을 열고 차를 대기시켰다. 주차원이 차를 대기시키고 성태에게 키를 가져왔다.

지배인이 대리운전을 붙일까요, 라고 물어보자 기현이 고개를 끄덕였다.

그러자 정자 옆에 있던 작은 방에서 두 명의 중년 사내가 문을 열고 나타났다.

그들은 이곳에 속해 있는 대리 운전 기사들이었다.

민태와 도수, 기현과 성태, 소희와 아이들이 막 목조 대문을 나섰을 때였다.

그랜드 스타렉스 한 대가 끼익 소리를 내며 그들의 앞에 정지했다.

차량의 문이 열리자 여섯 명의 덩치 큰 사내들이 나타났다.

그들의 손에는 모두 칼이 쥐어져 있었다.

사내들의 눈은 정확하게 민태를 향하고 있었다.

이후 무슨 일이 벌어질지 생각하지 않아도 훤했다.

"성태! 큰 형님을 지켜라! 도수 형님, 도와주십시오."

기현이 말했다.

도수는 고개를 끄덕였다.

민태는 인사불성이 되어 제대로 서 있지도 못한다.

그냥 내버려 뒀다가는 저 시퍼런 칼날에 벌집이 되기 십상이었다.

도수와 기현은 달려드는 여섯 사내들의 앞을 가로막았다.

그들은 민태의 차량과 도수가 타고 왔던 차량 보닛을 밟고는 크게 뛰어올랐다.

그리고는 '흐합' 기합 소리를 내며 식칼을 휘둘렀다. 식칼은 위에서 아래로 떨어졌다.

짧고, 최단거리로.

멍청한 칼잡이들은 아닌 모양이었다. 민태를 확실하게 끝장내기 위함이다.

이들이 기가 막힌 타이밍에 나타났다는 것은 계속해서 감시를 당하고 있었다는 말과도 같았다.

민태가 비틀거리며 자세를 취했지만, 저런 상태로는 고등학생도 당해 낼 수 없을 듯했다.

도수가 가장 화가 나는 것은 아내와 아이들이 보는 앞에서 습격을 했다는 것이다.

물론 저들의 입장에서는 기가 막힌 선택이라고도 할 수가 있었다.

신년, 많은 조직원들이 휴가를 간 상태였고, 조직의 보스를 보호하는 자들도 없었다.

불문율이라고 할까.

최소한 이때만큼은 전쟁을 하지 말자라는 의미이기도 했다.

하나, 누군지 모르는 저놈들은 무언의 약속을 깨트렸다.

아이가 보는 앞에서 부모를 죽이겠다고? 저 어린 것들 앞에서!

도수의 살심이 치솟았다.

그는 머리 위로 떨어지는 칼을 끝까지 바라봤다. 코앞까지 왔을 때 몸을 슬쩍 틀어 피해 냈다.

놈은 자신의 칼이 정확하게 도수를 베었을 것이라 미리 짐작을 했을 것이다.

칼이 베어지는 순간 도수가 그것을 피해 내자 놈의 눈동자에서 당황하는 빛이 떠올랐다.

도수는 상대의 멱살과 사타구니를 잡고는 그대로 들어 올렸다.

80㎏은 충분히 넘는 상대였지만 어렵지 않게 들어 올릴 수가 있었다.

그가 깜짝 놀라 팔과 다리를 버둥거렸다.

그러나 그 상태에서 그가 할 수 있는 일은 없었다.

아주 냉정한 자라면 칼로 도수의 뒷덜미를 찍었겠지만, 그 생각에는 미치지 못한 모양이었다.

도수는 놈을 거꾸로 들어서 머리부터 바닥에 찍어 버렸다.

꽈직!

생전 처음 들어보는 소리가 음식점 앞에서 울렸다.

뭔가가 심하게 뒤틀리는 소리 같기도 하고, 바닥이 깨지는 소리 같기도 하고, 뼈가 부러지는 소리 같기도 했다.

사내의 목이 심하게 옆으로 꺾여 있었다.

팔과 다리에서 힘이 빠지며 연체동물처럼 흐느적거렸다.

바닥에 쓰러진 사내는 이미 의식을 잃었다.

어쩌면 목이 부러져서 사경을 헤맬지도 모른다.

"이, 이, 개새끼."

아무 말 없이 칼을 들고 휘두르던 사내들의 입에서 욕설이 튀어나왔다.

상대는 겨우 두 명.

1분도 안 돼서 확실하게 제압할 수가 있었다고 믿었던 모양이었다.

하지만 그들은 기현과 도수를 뚫지 못했다.

기현도 생각보다 훨씬 잘 싸우고 있었다.

그는 정장 상의를 벗어 팔에 휘감고는 놈들의 칼날을 막아 냈다.

상의 정장을 팔에 둘둘 감자, 베는 것으로는 큰 상처를 낼 수가 없었다.

놈들의 표정에서 당황하는 빛이 뚜렷하게 떠올랐다.

도수가 앞에 있던 민태의 차를 발로 찼다. 믿을 수 없는 일이 벌어졌다.

모두의 움직임이 잠깐이나마 멈출 정도로 경악스러운 일이었다.

화약이 폭발하는 것처럼 '쾅' 소리가 나며 민태의 차가 옆으로 주욱 하고 밀리는 것이 아닌가.

보닛에 올라가 있던 한 사내가 중심을 잡지 못하고 밑으로 떨어지고 말았다.

도수는 발을 들어 바닥에 떨어진 사내의 면상을 짓밟았다.

꽈직!

소리와 함께 사내의 안면이 함몰한다.

눈알이 반이나 튀어나오고 코가 완전히 뭉개졌다.

앞 이빨은 완전히 박살이 나서 사방으로 흩어졌다.

사내의 함몰될 얼굴에는 구둣발과 같은 자국이 그대로 남아 있었다.

치가 떨리도록 잔인한 장면이었다.

남은 네 명의 사내들은 털이란 털이 모두 곤두서는 느낌을 받았다.

도대체 저 괴물은 누구야, 라는 생각이 동시에 떠올랐다.

그들이 알기에 기현과 그의 오른팔인 성태만 처리하면 되는 줄로 알았다.

꽤나 싸움꾼으로 알려진 그들이지만 자신들도 만만치 않았다.

여섯이면 충분하다고 장담했다.

그런데 저 무지막지한 힘을 가진 괴물은 도대체…….

꽈직!

또 한 명의 사내가 당했다.

도수가 휘두른 오른손 주먹에 안면을 정통으로 강타당한 사내의 목이 뒤로 확 꺾이며 180도 회전을 한 후 바닥에 쓰러지고만 것이다.

약속이라도 한 것처럼 당한 세 명의 칼잡이들은 차가운 콘크리트 바닥에 쓰러진 채 벌레처럼 꿈틀거렸다.

의식을 잃은 것이 분명하지만 육체에 너무 강력한 충격이 가해져서 반사적으로 몸을 움직이고 있는 것이다.

칼잡이들의 움직임이 멈췄다.

남은 세 명만으로는 도수와 기현을 뚫을 수 없다는 것을 알았다.

그럼에도 그들은 물러나지 않았다.

오히려 도수를 보며 씨익 하고 미소를 지을 뿐이었다.

왜?

그 이유가 밝혀졌다.

"아빠!"

"여보!"

민태의 아내인 소희와 아들들인 상현, 원희의 입에서 귀청이 찢어지는 비명이 울려 퍼졌다.

기현과 도수는 반사적으로 고개를 돌렸다.

그들의 눈동자에 민태가 당하는 일이 카메라에 찍히는 것처럼 생생하게 박혔다.

민태를 부축하고 있던 두 명의 대리 기사가 어느새 칼을 빼들고 배를 찌르는 것이 아닌가.

한 번, 두 번, 세 번.

소희가 아이들의 눈을 가리고는 바닥에 주저앉았다.

차마 남편이 칼을 맞는 장면은 더 이상 눈에 담을 수 없었으리라.

혹여 칼잡이들이 도수와 기현을 우회할 수 있다고 생각한 성태도 등을 돌리며 민태를 외쳤다.

"큰 형님!"

가장 가까운 거리에 있던 그가 멧돼지처럼 돌진하며 한

사내의 가슴을 들이받았다.

둘은 한데 뒤엉켜 음식점에 나무 대문을 부수고는 안쪽으로 튕겨졌다.

사내가 칼을 들어 성태의 등을 마구 찔렀다.

성태는 어금니를 강하게 물고 사내의 머리를 이마로 들이받았다.

꽈직!

쿡!

꽈직!

쿡!

서로가 한 번씩 공격을 주고받았다. 성태의 등에서 칼이 뽑힐 때마다 엄청난 양의 피가 솟구쳤다. 동시에 사내의 얼굴도 무지막지하게 부서졌다.

사내의 안면이 완전히 피에 물들며 축 늘어졌다.

칼을 들고 있던 손아귀에 힘도 풀렸다.

눈은 뜨고 있지만 동공은 허공을 바라보고 있었다. 초점도 맞지 않는다.

성태도 마찬가지였다.

그는 쓰러져 있는 사내의 얼굴에 계속해서 이마를 박았다.

그 힘이 점차 약해진다.

마지막에는 상대 얼굴이 이마를 툭 가져다 대더니 이내 움직이지 않았다.

"쿨럭! 이런 니미, 이거 제대로 한 방 먹었은걸."

민태의 입에서 상당한 양의 검붉은 피가 흘러나왔다.

이미 배는 다섯 번이나 찔린 상태였다. 만약 중요 장기가 찔렸다면 살아남기 힘들 것이다.

그는 흐릿한 눈으로 자신을 찌른 상대를 바라봤다.

그가 비릿하게 웃으며 이제 가소, 그만큼 해먹었으면 된 거 아니오, 라고 말했다.

"웃기고 앉아 있네. 네놈들보다는 덜 해 먹었지."

민태는 사내의 목을 부여잡았다.

그의 아귀 힘이 사내의 목줄을 강하게 눌렀다.

얼굴이 금방 시뻘게지더니 푸른색으로 변해 간다.

눈알의 심줄이 튀어나올 것처럼 빠르게 부풀어 오른다.

사내가 무슨 말을 하려고 하지만 목이 잡혀서 나오지 않았다.

그는 힘겹게 팔을 들어 민태의 등을 찔렀다.

푹!

"계속 찔러 봐. 씨발놈들."

민태가 피에 젖은 얼굴로 사납게 외쳤다.

사내는 다시 팔을 들어 올렸다.

억지로 들어 올리려고 하지만 힘이 다하고 말았다.

팔이 다시 밑으로 내려가며 칼을 놓쳤다. 칼은 땅그랑 소리를 내며 바닥에 떨어졌다.

힘을 잃은 사내가 담벼락을 타고 바닥에 쓰러졌다. 민태도 그의 뒤를 따랐다.

사내위로 엎어진 민태는 일어나지 않았다. 숨을 쉬고 있는지도 확인이 되지 않는다.

"여보!"

소희가 울면서 달려갔다. 그녀는 민태를 잡고서 울부짖었다.

"제발, 제발 구급차 좀 불러 주세요. 제발, 이 사람을 살려 주세요!"

소희의 깨끗한 블라우스가 피로 범벅이 된다.

얼굴과 손에도 피가 잔뜩 묻었지만, 그녀는 그것을 인식하지도 못했다. 처절하게 울음을 터트리며 살려 달라고 외칠 뿐이었다.

"끝났군."

도수의 앞에 서 있던 세 명의 칼잡이들 중에서 수염을 기른 사내가 빙그레 웃으며 말했다.

그들은 주춤주춤 뒤로 물러났다. 동료들을 데리고 갈 생각도 없는 모양이었다.

도수도 그들을 보며 입술의 한쪽 끝을 들어 올렸다.

그가 사납게 웃고 있다. 당장이라도 이빨을 보이며 하울링을 터트릴 것 같았다.

"끝나? 뭔가 착각하고 있군. 끝은 내가 내는 거야. 네놈들이 아니라."

"네가 뭔데? 뒈져 버린 저 자식과 무슨 관곈데."

칼잡이가 물었다. 그는 도수의 정체가 사뭇 궁금한 모양이었다.

해결사 노릇을 하고 살기에 대부분의 폭력배들 계보는 꿰차고 있었다.

하다못해 말단 조직원들의 얼굴도 한 번쯤은 보았다.

하지만 도수는 금시초문인 사내. 한 번 보면 잊어버릴 수가 없는 인상이다.

저런 사내가 있다는 것은 이제까지 들어 보지도, 알지도 못했다.

"그건 알 것 없고. 너희들은 집으로 돌아가지 못한다는 것만 알 뿐이지."

도수의 덩치가 빠르게 움직였다.

칼잡이들은 수염이 난 사내의 눈치를 살폈다.

지금 뒤로 빠져야 하는지 계속 맞서서 싸워야 하는지 묻는 눈초리였다.

민태가 쓰러진 것을 봤으니 더 이상 도수와 싸우고 싶은 마음이 없는 그들이었다.

최소 열 명 이상의 칼잡이들을 데리고 오지 않으면 사자처럼 날뛰는 저 사내를 잡을 수 없을 것만 같았다.

"뒤로 빠져."

수염이 난 사내의 명령이 떨어졌다. 남은 칼잡이들이 빠르게 뒤로 물러났다.

하지만 그들을 무사히 돌려보낼 줄 기현과 도수가 아니었다.

도수는 아이들이 보는 앞에서 아버지를 저렇게 만든 사내들에게 살기를 느끼고, 기현은 조직의 보스가 쓰러진 것에 대해 살의를 가졌다.

뒤로 물러나는 세 명의 사내들 중에서 두 명의 발목이 묶였다.

그들이 칼을 휘둘렀지만 뒷걸음질을 치는 상태에서 기현과 도수를 당해 낼 수는 없었다.

도수의 해머와 같은 주먹에 맞은 사내는 턱이 부서지며 바닥에 쓰러지고, 기현의 발차기에 관자놀이를 강타당한 사내 역시 입에 거품을 물면서 쓰러졌다.

그러나 그들의 우두머리로 보였던 수염 난 사내는 놓치고 말았다.

어찌나 빠른지 칼잡이들을 쓰러트렸을 때는 이미 차를 타고 멀리 달아나고 있었다.

"빌어먹을."

도수는 어금니를 물었다. 그는 급히 등을 돌려 민태와 성태가 있는 곳으로 뛰어갔다.

"큰 형님, 큰 형님."

기현이 민태를 바로 눕혔다.

배와 등에서 펌프질을 하는 것처럼 피가 솟구치고 있었다.

그가 와이셔츠를 찢어 구멍 난 배를 막았지만 금방 피로 물들었다.

멀리서 119구조 대원들이 오는 소리가 들렸다.

＊　　　＊　　　＊

병원은 고요했다.

수십 명의 건장한 체격의 사내들이 모여 있었지만, 바늘 떨어지는 작은 소리 하나 들리지 않았다.

링거를 꽂고 지나가던 다른 환자들도 그들의 분위기 때문에 기가 죽어서 최대한 조심스럽게 복도를 지나갔다. 간호사들도, 의사들도 마찬가지였다.

조직원들의 안색은 어두웠다.

몇몇은 극심한 분노에 시달리는 듯 눈동자가 시뻘겋게 충혈이 되어 있었다.

드르륵—

기현이 병실 문을 열고 나왔다.

그는 조용히 문을 닫았다.

문 앞에는 '절대 안정'이라는 푯말이 붙어 있었다.

기현은 두 명의 중간 보스들에게 다가가 상황을 설명해 주었다.

모두 안심을 했다는 얼굴로 자리에 털썩 주저앉았다.

몇몇 조직원들이 그들에게 다가가 어떻게 됐습니까, 라고 조심스럽게 물었다.

중간 보스는 위험한 순간은 넘겼다, 차차 안정을 찾으실

거다, 라도 대답했다.

그럼에도 기현은 안색이 매우 좋지 않았다. 그는 도수에게 터벅터벅 걸어왔다.

그는 도수의 옆에 털썩 주저앉아서 양손으로 눈덩이를 문질렀다.

깊은 한숨이 계속해서 흘러나왔다.

"어떻게 됐지?"

도수가 물었다.

"민태 형님은 고비를 넘겼습니다. 다행히도 장기에 심각한 손상은 없었습니다. 안정을 취하면 차차 나아질 겁니다."

"성태는?"

꽉 막혔던 가슴이 조금은 뚫리는 것 같았다.

아무리 냉정하게 이성을 유지한다고 하지만 민태와 성태는 출소하고 많은 도움과 정을 준 사람들이 아닌가. 그들이 잘못되기를 절대 바라지 않았다.

"성태는……."

기현은 말을 잇지 못했다.

조금은 울먹거리는 것처럼도 보였다.

그는 손바닥을 펴고 두 눈을 감쌌다. 북받쳐 오르는 감정을 억지로 짓누르고 있었다.

다시 가슴이 덜컥 내려앉는 도수였다. 어떻게 됐냐고, 다시 물었다.

기현의 목소리가 점점 떨리고 있었다.

"위험합니다……."

"무슨 소리야. 배를 찔린 민태 형님도 살았는데, 등을 찔린 성태가 왜?"

"등 근육을 뚫고 폐를 찔렀다고 합니다. 놈들이 맨 처음 찔렀을 때 그때 당한 상처입니다."

"으음."

도수의 입에서 신음이 흘렀다.

성태가 놈을 잡고 넘어진 이유가 그것이었구나. 폐를 뚫렸으니 제대로 숨도 쉬지 못했겠지.

그 상황에서 끝까지 물고 늘어진 것이다.

"크흐흑, 이 불쌍한 놈. 나이도 어린놈이…… 늙은 할머니 모시고 한 번 잘 살아 보겠다고 발버둥치던 놈인데……."

어금니를 강하게 물고 있지만 끝내 참지 못하고 흐느낌이 흘러나왔다.

기현은 고개를 숙이고 눈물을 흘렸다. 그의 눈물이 병원 복도 바닥에 떨어졌다.

뚝, 뚝, 뚝.

"닥쳐. 울지 마라, 울지 마. 놈은 살 거야. 폐가 뚫린 상태에서도 상대를 아작 낸 놈이다. 그런 깡을 가진 놈이 이토록 쉽게 갈 리가 없잖냐."

"맞습니다. 이 개자식은 살 겁니다, 살아야죠."

기현은 손등으로 눈물을 닦아 내고 밝게 웃었다.

눈이 충혈 되고 눈물이 마르지 않았다. 눈가와 입가가 바르르 떨리고 있었다.

자신이 울면 안 된다.

아직 죽은 것이 아니지 않느냐, 라며 자신을 다독이고 있는 듯했다.

도수는 그런 기현의 어깨에 손을 얹었다.

"잘될 거다."

"그렇죠. 잘될 겁니다."

하지만······.

도수와 기현의 바람은 이뤄지지 않았다.

이틀 후, 성태는 사망했다.

*　　*　　*

"마하반야 바라밀다······ 아제아제바라아제 바라승아제······."

병원 장례식장에서 염불 소리가 울렸다.

넓고, 깨끗하며 족히 100명 이상을 수용할 수 있는 커다란 장례식장이었다.

그곳으로 들어가는 입구에는 수십 개가 넘는 화원이 일렬로 줄 서 있었다.

어느 기업 사장이라느니, 어느 회사 상무라느니, 어느 클럽의 부장이라느니.

모두 성태가 얼굴만 한 번 정도 봤던 사람들이었다.

직접적인 대화를 나눈 적은 없었다.

검은 정장을 입은 많은 사내들이 북적였다.

대부분이 조직원들로 일반인들은 극히 찾아보기 힘들었다. 몇몇 성태의 고등학생 친구로 보이는 이들 정도가 다였다.

술상이 놓이고 장례식을 돕는 아줌마들은 분주하게 움직였다.

3단에 이르는 아름다운 꽃들 속에 성태의 활짝 웃는 영정 사진이 놓여 있었다.

조금은 앳되어 보이고 머리도 짧았다. 얼굴에는 여드름이 무성했다.

고등학교 졸업식 때 찍은 사진이리라.

이후로는 거의 사진을 찍지 않았다고 한다. 있다고 하더라도 웃고 있는 사진은 그것 하나뿐이었다.

영정 사진 앞에서는 70이 넘은 노인 혼자 앉아 있었다. 자식들을 교통사고로 모두 잃고 오직 성태만을 바라보면서 살아온 할머니.

성태의 할머니는 울지도 않았다.

지금 상황이 믿기지 않는 모양이었다. 자리에 앉아서 멍하게 성태의 영정 사진만을 계속해서 바라볼 뿐이었다.

상주는 기현이 맡았다. 성태에게 삼촌이 있다고 하지만 연락이 닿지 않았다.

도의적이든, 책임감이든 그가 할 수밖에 없었다.

어제 깨어난 민태가 자신 때문에 성태가 죽었다면서 오열

했다.

자신이 직접 보내 준다며 병원을 나서려고 했다.

간호사들과 의사들이 말렸지만 소용이 없었다. 상처 부위가 벌어지고 나서야 간신히 말릴 수가 있었다.

민태는 기현의 손을 잡으며 부탁했다. 제발 편안하게 보내 주라고, 원수는 꼭 갚을 테니 아무 생각하지 말고 저 세상으로 가라고.

기현은 그러겠노라, 대답했다.

장례식은 성대하게 치러졌다.

일반인이 죽었을 때보다도 훨씬 크게, 화려하게.

남들에게 보이기 위해서가 아니었다.

젊은 나이에 그토록 허무하게 가 버린 성태의 넋을 기리기 위해서였다.

기현의 동생 중에 한 명인 육지환이 다가왔다.

육지환은 성태와 동기이자 가장 친한 친구였다.

성태가 단단하고 바위가 같은 성격이라면 육지환은 날렵하고 머리 회전이 빨랐다.

외모와 같이 성격도 판이했다. 성태는 화통했지만, 지환은 몇 번이나 심사숙고를 한 후 행동했다.

서로가 너무 달랐기에 그렇게 친했는지 모른다.

처음에는 너무 맞지 않아 기현이 걱정할 정도로 다퉜지만 어느새 둘은 둘도 없는 죽마고우가 되었다.

그런 지환은 울지 않았다.

성태를 죽인 놈들의 배후를 알아낼 때까지 울지 않기로 맹세했다.

그는 사로잡은 놈들을 인천 부두 창고에 가두고 심문을 했다.

그리고 이틀이 지난 오늘 장례식장에 나타난 것이다.

샤워를 했는지 깔끔했지만 온몸에서 풍기는 피 냄새는 감출 수가 없었다.

기현은 상주 자리를 잠시 다른 동생에게 맡긴 다음 육지환과 밖으로 나갔다.

여러 사람들이 재떨이 근처에 모여서 담배를 피고 있었다. 그들은 기현을 보며 고개를 숙여 인사를 했다.

기현은 고개를 끄덕인 후 자리를 옮겼다. 자판기에서 커피 두 잔을 뺀 후 지환에게 한 잔을 건넸다.

그는 잔을 받고 담배를 꺼내서 기현에게 주고는 불을 붙인 후 자신도 담배를 꺼내 입에 물고 불을 붙였다.

"어떻게 됐지?"

기현이 물었다.

그날 모두 일곱 놈을 잡았다.

칼잡이 다섯 명, 대리 운전 기사로 분장한 놈들 두 명.

그들이 자세한 내막을 알지 못한다고 하더라도 아는 것들만 끼워 맞추면 누가 배후인지 알 수 있을 것이라 확신했다.

"심증은 있습니다, 하지만 확증은 없습니다."

"그게 무슨 소리지?"

"칼잡이 다섯 놈들은 모두 조선족이었습니다. 용병인 셈이죠. 그들이 알고 있는 것은 거의 없었습니다. 두당 오백만 원을 받고 한국에 입국했습니다. 처음부터 끝까지 도망간 놈의 명령만 들었다고 합니다. 일이 끝나면 오백만 원을 더 입금받기로 했다더군요."

"음."

골치가 아파진다.

한국 조직에 속한 놈이라면 어떤 식으로든 연결 고리를 풀어 나갈 수가 있었다.

그러나 조선족이라면 얘기가 달라진다.

그들은 몇 백만 원에라도 사람을 죽일 수 있는 인간 백정들이 많았다.

정보에 대해서 알 필요도 없었고, 알기도 바라지 않는다. 그저 돈만 주면 사람을 썰어 댈 뿐이었다.

"놈들에게 명령을 내린 자가 누군지는 알았나?"

"해결사랍니다. 독고다이라고 했습니다. 조선족처럼 그역시 거액을 받고 움직이는 자라고 했습니다."

머리가 지끈거렸다.

놈이 숨어 버리면 다시는 찾기 어려웠다. 배후를 찾기 위해서 놈을 찾는 것이지, 놈을 찾기 위해서 배후를 찾는 것이 아니었다.

"하지만 대리 기사 짓을 하던 놈들의 고향은 목포였습니다."

"조직에 속한 놈들인가?"

"아닙니다."

"그럼?"

"그냥 양아치였습니다. 목포에서 사채 놀이를 하던 놈들입니다. 겨우 100~200가지고 수십 배나 불려서 받아먹는 질이 안 좋은 놈들이죠."

"그놈들이 왜 갑자기 서울로……."

"그건 잘 모르겠습니다. 그놈들 말로는 민태의 목만 따면 1억을 주고 일본으로 보내 준다고 했답니다."

"누가?"

"그것도 모른답니다. 그냥 서울의 큰 조직 중에 하나일 것이라고만 생각했답니다."

"말이 돼? 아무것도 모르면서 사람을 죽였단 말이야."

"놈들의 손에 선수금으로 2천만 원을 쥐어 줬습니다. 성공했을 시에는 나머지 8천을 주고, 실패해도 3천은 주기로 했다고 했습니다."

"그럼 심증이 간다는 것은 뭐야?"

"압구정 파의 염진혁이가 놈들과 같은 고향입니다."

기현이 눈살을 찌푸렸다.

"이곳에서 같은 고향 사람들 한 번 찾아볼까? 전라도 조직원들만 수백 명이 넘을 거다."

"놈들은 염진혁이와 같은 중학교를 나왔습니다. 후배일 가능성이 높죠."

"잠깐만 그게 무슨 소리야, 놈들은 아무것도 모른다면서?"

"그렇습니다. 염진혁이가 끝까지 나타나지 않았을 겁니다. 혹여 조선족들이나 해결사가 실패했을 때를 대비해 보험 같은 거였을 겁니다."

"확실해?"

"일단 알아본 봐, 그럴 가능성이 높습니다."

"염진혁이…… 이 개새끼."

기현은 다 마신 종이 커피 잔을 와락 구긴 후 쓰레기통에 내팽개쳤다. 염진혁의 얼굴을 생각하니 위장이 꼬이는 것 같았다.

돈을 위해서라면 부모도 팔아 치울 개자식이다.

놈이 20대 초반 때 돈을 벌기 위해 여동생에게 원조교제를 시켰다는 일화는 꽤나 유명했다.

"놈들은?"

7명은 어떻게 처리했냐고 묻는 것이다.

"콘크리트에 묻어서 인천 앞바다에 버렸습니다."

"잘했어. 어차피 살아서 세상에 득 될 놈들이 아니야."

"네."

기현에 말에 지환은 고개를 끄덕였다.

그가 기현에게 말을 하지 않은 것이 하나 있다.

지환은 놈들의 입을 열기 위해 전기 드릴로 팔과 다리를 산 채로 잘라 냈다.

몇몇은 실성을 했고, 몇몇은 오줌을 지리고 제발 죽여 달라고 빌었다.

그러나 죽마고우인 성태를 잃은 그의 분노는 대단했다.

옆에서 지켜보던 동생들이 더 이상 지켜보지 못하고 밖으로 나가 모든 것을 토해 냈을 정도였다.

지환은 일곱 명 모두의 사지를 잘라 내고 드럼통에 넣고는 시멘트를 부었다. 어느 정도 굳자 그것을 바다로 가지고 나가 아무렇게나 버렸다.

그들이 세상에 드러날 일은 천재지변이 일어나지 않는 한 없을 것이다.

"형님, 소종태가 왔습니다."

과거 씨름 선수를 했던 이기동이 급히 다가와 기현에게 말했다.

"소종태?"

"네. 형식이 형님이 인사를 하고 있기는 하지만, 아무래도 형님이 가셔야 할 것 같아서요."

"알았다."

기현은 담배를 쓰레기통에 던져 놓고 장례식장으로 내려갔다.

그의 속이 찢어지는 것 같았다.

염진혁이가 일을 벌였다면 소종태가 뒤에서 조종했을 가능성이 높았다.

강남 삼대 조직 중에서 가장 악질적인 놈들이 바로 압구정 파 놈들이다.

그놈들에게는 인의와 의리, 신뢰라는 단어가 아예 존재하지 않았다.

강남의 10층짜리 빌딩을 강제로 뺏기 위해서 주인의 딸들을 납치해 사창가에 팔아먹은 적도 있는 놈들이었다. 극악무도하고 인간이기를 포기한 놈들 같았다.

놈들이라면 충분히 이런 짓을 저지르고도 남는다.

장례식장에는 압구정 파의 보스인 소종태와 오른팔인 염진혁이 와 있었다. 다른 조직원들도 없이 단 둘이 적지에 온 셈이다.

놈들은 표정을 보니 마치 소풍을 가서 신나 하는 것 같았다.

배포 하나는 입이 떡 벌어질 만큼 크다. 하긴 저 정도는 되니 한 조작의 우두머리로 있을 테지만.

그가 소종태 앞에 섰다. 소종태는 향을 피운 후 향로에 꽂았다.

성태의 영정 사진에 두 번 절을 하고 나서 기현과 맞절을 했다.

"안타깝게 됐군, 젊은 나이에."

소종태가 먼저 입을 열었다.

무미건조하고 입에 발린 말이라는 것을 기현은 느낄 수가 있었다.

"아닙니다. 명줄이 여기까지였나 보지요. 좋은 세상으로 갔을 겁니다."

기현은 진심으로 말했다.

"그럼 수고하게. 큰일을 겪었다고 해서 왔네, 와야 도리인 것 같아서."

실소가 나오려는 것을 억지로 참는 기현이었다.

놈의 얼굴에 그래, 네놈의 명령으로 죽었으니, 어떤 낯짝으로 자빠졌나 참으로 궁금했겠지, 라는 말을 내뱉을 뻔했다.

"와 주셔서 감사합니다. 안녕히 가십시오."

마음과는 반대되는 말이 나왔다.

아직 놈이 배후라는 것은 확실하지가 않았다.

그저 심증만 있을 뿐이다.

대치동 놈들도 용의 선상에 있었고 그 외에 강남으로 진출하려는 여러 조직들도 있었다.

민태가 죽으면 신사동 파가 관리하는 조직을 한꺼번에 삼키려고 하는 놈들은 넘치고 넘쳤다.

소종태와 염민혁이 밖으로 나갔다.

염민혁과는 눈인사만 했지만, 놈이 인간 백정이라는 것은 보는 순간 알았다.

놈의 눈동자에서는 인간의 정이라는 것이 조금도 느껴지지가 않았다.

염민혁은 흰 봉투를 동생들에게 주었다.

흰 봉투에 든 돈을 꺼내 본 동생들이 꽤나 놀라는 표정이었다.

자그마치 1천만 원이라는 수표 한 장이 들어 있었기 때문이었다.

이런 돈을 받아도 되나, 라는 얼굴로 기현에게 묻는다.

기현은 고개를 끄덕였다.

저놈들이 똑같이 당했을 때 두 배의 부의금을 넣어 줄 테니까.

놈들은 구두를 신고 장례식장 밖으로 나갔다.

도수는 복도에 있었다.

그가 이곳에서 할 것은 하나도 없었다. 아는 사람도 없었고, 누군가와 대화를 나누기도 껄끄러웠다.

그가 이곳을 지키는 이유는 하나였다.

자신을 그렇게나 쫓아다녔던 성태에 대한 예의였다.

그가 대답을 할 순 없지만 그렇게라도 보내 주고 싶었다.

순간 도수와 소종태의 눈이 마주쳤다.

도수의 눈동자에서 살기가 급격하게 일어났다. 가슴이 터질 것 같이 마구 쿵쾅거렸다.

"하하…… 하하하하!"

자신도 모르게 웃음이 터졌다.

많은 사람들이 고개를 돌려 도수를 바라봤다.

거의 모든 사람들이 눈살을 찌푸렸다.

저 자식은 누군데 계속해서 여기에 와 있냐고 서로가 묻기도 했다.

"나를 아시오?"

소종태가 주머니에 손을 넣고는 멈춰 서서 도수에게 물었다.

그도 꽤나 덩치가 크지만 도수에 비해서는 한참 모자랐다.

소종태는 고개를 들어서 도수를 올려다봐야만 했다.

도수는 씨익 하고 웃었다.

잇몸이 드러날 정도로 환한 웃음이었다. 그가 이토록 밝게 웃는 것은 기현도 본 적이 없었을 것이다.

"나를 아냐고?"

소종태가 다시 물었다.

그의 목소리가 착 가라앉았다. 얼굴 근육이 양옆으로 뒤틀렸다.

꽤나 기분이 나쁜 듯했다.

도수는 아무런 말을 하지 않았다.

부글부글 끓어오르는 마음을 가라앉히기에도 바빴다.

당장이라도 놈의 멱살을 잡고서 밖으로 끌고 나가 머리통을 짓이겨 버리고 싶었다.

10년 전 그때.

자신을 자포자기로 밀어 넣었던 두 놈 중에 하나다.

놈을 찾아내기 전에 알아서 나타나다니 이런 행운이 어디 또 있을까.

마치 로또를 맞은 기분이다. 너무도 반가워서 놈의 코를 깨물어서 뜯어 버리고 싶었다.

"모르오."

마음을 가라앉힌 도수가 말했다.

"모르오? 이 씨벌놈이. 누구한테 함부로 반말이야?"

옆에서 듣고 있던 염진혁이 금방이라도 칼을 꺼낼 것처럼 살벌하게 눈을 부라렸다.

허락만 떨어진다면 장례식장이 아니라 대통령 관사에서도 칼을 꺼낼 기세였다.

"가만히 있어라, 괜한 분란 만들지 말고."

소종태가 염진혁을 제지했다. 그는 목소리를 낮추고 점잖게 다시 물었다.

"그런데 왜 나를 보고 웃었소?"

"기분 나빴으면 죄송합니다. 오랜 전 친구를 만난 줄 알았습니다."

"나와 닮았나 보군."

"매우 닮았죠."

"여튼 사람 면전에 대고 웃지 마시오. 상대방 입장도 생각해야지."

"명심하죠."

도수는 고개를 끄덕였다.

고개를 끄덕이면서도 터져 나오려는 웃음을 억지로 참는다.

팔과 다리가 따로 움직이려고 한다. 팔은 놈의 목을 잡고 싶어 하고, 발은 놈의 낭심을 짓이기고 싶어 한다.

온몸에서 아드레날린이 분비되는 것 같았다.

소종태와 염진혁이 등을 돌리고 계단을 올라갔다. 별 미친놈을 다 보겠네, 라는 염진혁의 말이 똑똑하게 들렸지만 개의치 않았다.

놈들은 본 것만으로도 충분한 수확이 있었으니까.

도수의 웃음소리에 놀라서 나온 기현이 다가와서 물었다.

"형님, 무슨 소립니까. 갑자기 왜 웃음을……."

"저놈들 누구냐?"

"누구요?"

도수가 소종태와 염진혁의 뒷모습을 가리켰다.

"아, 압구정 파의 보스입니다. 소종태와 염진혁이라고 살벌한 놈들이죠. 이번 사건에 용의자이기도하고요."

"용의자라……."

"확실한 것은 아닙니다. 다만 놈들이 가장 이번 사건에 배후일 가능성이 높습니다."

"그렇단 말이지."

"저자와 무슨 일이 있었습니까?"

"조금. 기현아."

"네, 형님."

"이번 일에 나도 끼겠다."

"성태를 죽인 놈들을 찾겠다는 말씀입니까?"

"그래."

도수가 기현에게 고개를 돌리며 미소를 지었다.

웃고 있지만 그의 눈빛에서는 소름끼치는 살기가 감돌고 있었다.

꿀꺽.

기현은 자신도 모르게 마른침을 삼켰다.

이런 도수의 눈빛, 교도소에서는 한 번도 본 적이 없었다.

이 사나운 생물이 움직이기 시작했다. 지금까지는 건달 세계의 관심이 없었던 사람이.

이 세계에 맹수가 들어서 버리고 말았다.

3.

인과율

CITY
WILD BEAS

3일 장이 끝나고 성태는 선산에 묻혔다. 아버지와 어머니가 묻힌 곳이기도 했다.

자식들을 보내고, 손자까지 보내는 할머니의 마음이 오죽했으랴.

성태의 할머니는 영정 사진을 붙잡고 울음을 그치지 못했다.

내가 죄다, 내가 죄를 진 것이여. 부처님께서 내게 벌을 내리신 것이여. 우리 성태, 지금까지 이 몹쓸 할미 먹여 살리겠다고 아등바등 살아오던 우리 불쌍한 성태. 우리 성태 불쌍해서 어쩌누, 이 할미가 미안하다, 이 할미가 미안해.

성태 할머니의 울음만이 선산에 서글프게 퍼졌다.

기현과 동생들은 그 모습을 지켜보면 눈물을 훔쳤다. 지환도 끝내 눈물을 참지 못했다.

성태를 죽인 놈을 찾은 후 복수를 하고 나서 이곳에 찾아와 마음껏 눈물을 흘리겠다고 맹세를 했지만 흘러나오는 눈물은 막을 수가 없었다.

"흑흑흑흑흑."

누군가 오열을 터트렸다. 옆에 다른 동생이 또 다시 눈물을 흘렸다.

모두가 울음을 참지 못했다.

도수는 한 발 떨어져서 그들을 지켜봤다.

그 역시 성태의 죽음을 나 몰라라 할 수가 없는 입장이었다.

성태를 죽인 놈은 소종태일 가능성이 가장 높다.

하지만 그렇다고 단정을 지을 수는 없었다. 하나, 놈과는 해결해야 할 일이 남아 있었다.

도수는 주머니에서 손을 빼 뺨을 만져 보았다.

이마를 만진다, 코, 눈, 입술을 한 번씩 만져 봤다. 놈의 소름끼치는 손과 발이 훑고 지나간 자리.

그는 아직도 악몽을 꾼다.

놈과 다른 한 놈이 자신의 머리채를 잡고 계단을 올라가는 꿈을.

놈들에게 개처럼 맞아 실신 직전까지 갔던 그때의 상황이 재현된다. 어머니를 죽인 놈이 바로 눈앞에 있는데, 사과는 받지 못하고, 살려 달라고 외치는 자신이 너무도 혐오스럽다.

반드시 되갚아 주겠노라고 일만 번도 더 생각했다.

만약 놈이 성태를 죽인 배후라면 똑같이 되갚아 주는 것으로는 성에 차지 않는다.

좌절된 삶이란 무엇인지 똑똑히 가르쳐 줄 생각이었다.

도수는 산을 걸어서 내려왔다.

길이 나 있지만 워낙 외진 곳이라 오고 가는 차량은 없었다.

얕은 산 위에는 조직원들을 태운 버스 한 대와 소형 버스 한 대가 서 있을 뿐이었다.

산 중턱에는 꽤나 지은 지 오래되어 보이는 초가집이 있었다.

사람은 살지 않는다.

개가 살지 않는 개집이 있고, 소를 키웠던 외양간이 반쯤 무너져 있었다.

이곳이 성태가 태어난 곳인 듯했다. 그가 할머니를 서울로 모셔 온 것이 2년 전이라고 하니 그전까지는 이곳에서 살았을 것이다.

얘기를 들어 보니 성태의 성장 과정도 꽤나 불우했다.

교통사고로 부모를 잃고, 하나밖에 없는 여동생은 중학교 때 왕따로 인해 자살을 했다.

눈이 뒤집힌 성태는 여동생이 다니던 중학교를 찾아가 발칵 뒤집었다고 한다.

동생을 괴롭혔던 학생들에게 칼을 휘둘러 두 명에게 큰

상처를 입혔다.

그 일로 성태는 학교에서 퇴학을 당하고는 소년원에 들어 갔다.

혼자 남은 할머니는 하루도 빼놓지 않고 소년원으로 면회 를 갔다고 한다.

성태가 어린 나이에 철이 든 것은 어찌 보면 당연한 일이 었다.

성태는 소년원을 나오자마자 취업 전선에 뛰어들었다. 하 지만 고등학교 중퇴에 소년원까지 나온 그가 취직을 하기란 쉽지가 않았다.

운이 좋아 취직이 되었다고 하더라도 사람들의 시선과 편 견에서 벗어날 수가 없었다.

그가 갈 곳은 정해져 있었다.

범법자들도 자유롭게 일을 할 수 있는 곳.

덩치가 꽤나 좋기에 그는 나이트클럽 삐끼부터 시작을 했 다.

돈벌이는 그다지 좋지 않았지만 안정적으로 수입이 들어 온다는 것이 좋았다.

쾌활한 성격도 한몫을 했다.

덕분에 기현을 만날 수가 있었다. 그가 술에 취한 손님들 을 인내심 있게 끝까지 버티면서 말로 설득을 했을 때, 기 현은 같이 일을 해 보자며 제안했다.

성태는 자신에게 스카우트 제의가 오리라고는 생각도 하

지 못했다.

이후 보통의 월급쟁이보다 두 배나 되는 월급을 받았고, 지하가 아닌 1층에 전세방을 마련할 수가 있었다.

그는 고향에 계시던 할머니를 모시고 왔다.

그의 할머니는 우리 손자가 출세했다면서 눈시울을 붉혔다.

그런데…….

2년도 되지 않아 불귀의 객이 되고 말았다.

남은 할머니가 과연 어떻게 살 수 있을까. 살아가고픈 마음이 조금도 없을 것이다.

마음에 기둥이 되는 이유가 없는 한 할머니는 오래 살지 못할지도 몰랐다.

차라리 성태에게 자식이라도 있었다면 조금 나았으려나.

도수는 종종 할머니를 뵈러 오겠다고 마음먹었다. 비록 성태에 오랜 시간 알고 지낸 것은 아니지만 서로 마음을 터놓기에는 충분했다.

성태와 기현을 보면 도영이가 생각난다.

도수는 담배를 물었다. 깊게 한 모금을 빨아들인 후 밖으로 내뱉었다.

도영아.

너는 살아 있는 거겠지.

살아 있기만 해라. 기필코 너를 찾아낼 테니까.

해결사를 찾은 것은 순전히 우연이었다.

민태의 전폭적인 지지를 받은 기현은 조직원들을 총동원하여 해결사를 찾았다.

소종태의 뒤를 아무리 캔다고 하더라도 나올 증거는 없으니 해결사를 잡아서 직접 입을 여는 수밖에 없었다.

그는 업소를 관리할 몇 명을 빼고는 모두 해결사는 찾는데 조직원들을 투입했다.

밤의 세상에서는 경찰들보다 우수한 정보력을 가지고 있다고 하더라도 과언이 아니었다.

그들은 같은 계통 사람이라면 몇 시에, 어디서 변을 봤는지도 알아낼 수가 있었다.

그렇지만 놈 역시 전문가다.

지금까지 몇 명이나 목을 땄는지 알 수가 없었다.

그때의 행동으로 봐서는 같이 행동했던 놈들과 다르게 전혀 긴장을 하지도 않았고, 물러날 때도 침착했다. 허둥거림이 하나도 없었다.

그런 놈을 잡기란 쉽지가 않다는 것은 모두가 알고 있었다.

놈이 중국이나 일본으로 건너갔을 가능성도 있었다.

그럼 놈이 어느 배를 타고, 어느 방향으로 밀항 혹은 비행기를 탔는지 알아내야 했다.

끝까지 쫓아가서 놈의 입을 열어야 하니까.

조직원들은 서울 일대를 샅샅이 뒤졌다.

종종 다른 조직들과 마찰이 일어나기는 했지만, 기현이 잘 설명을 해 줘서 무난하게 넘어갈 수가 있었다.

서울에는 없었다.

숙박업소까지 모두 뒤졌다. 하다못해 인터넷 지도에 나와 있지 않는 허름한 여관까지 찾아봤지만 허탕이었다.

뒤질 수 없는 곳은 소종태가 있는 압구정 파와, 가장 세력이 강한 대치동 파의 영업장들이었다. 소종태가 바보가 아닌 이상 자신의 영역에 해결사를 숨겨 두고 있으리라 여기지 않았다.

강남 바닥은 좁다. 남북한처럼 휴전선을 만든 것이 아니었다.

누구라도 자유롭게 왕래하며 얼굴을 맞댈 수가 있었다.

관리하는 업소가 각 구역에 많을 뿐이었다.

당연히 압구정 파에서 고용한 해결사는 압구정 파 영역에 숨겨 놓고 있다고 하더라도 발견될 가능성이 무척이나 높았다.

기현은 놈이 한국을 떠났을 것이라 짐작했다.

그렇다고 포기는 할 수가 없었다.

여기서 포기를 한다면 지하에서 눈을 감고 있는 성태가 벌떡 일어나 성님, 정말 너무 합니다, 라고 말을 할 것만 같았다.

조직원들은 지방으로 수색을 넓혔다.

기현이나 민태가 알고 지내던 지방의 형님들이나 동생들에게 양해를 구해서 그쪽 지역을 살폈다.

인천, 고양, 안양, 파주, 양주, 부천 등 경기 지역을 뒤졌지만 결과는 같았다.

그 이하로는 내려갈 수가 없었다.

워낙 텃세가 심해서 의형제를 맺지 않는 한은 얼굴을 알고 있는 사이라고 하더라도 다른 조직의 조직원들을 들이지는 않았다.

즉, 경기 지역 이하로 놈이 숨어 버렸다면 손을 쓸 수가 없는 것이다.

상황은 답보 상태에 이르렀다.

기현은 대부분의 조직원들을 업소에 복귀시켰다.

그러나 그와 지환은 몇몇의 동생들과 함께 곳곳을 뒤지고 다녔다.

소수의 인원이라면 지방의 조직원들도 눈치를 못 챌 것이라고 여겼다.

그러던 중 예상치 못한 곳에서 제보가 들어왔다.

청담동 사건을 목격했던 여종업원 중에 한 명이 독산동에 있는 한국관이라는 성인나이트클럽에서 놈을 목격한 것이다.

그녀가 경찰보다 신사동 파에 먼저 연락을 한 이유는 기현의 동생 중에 한 명인 이기동의 애인이었기 때문이었다.

그렇기에 운이 좋았다고 할 수 있는 것이다.

어쩌면 성태의 영혼이 그녀를 그쪽으로 인도했을지도 모르고.

독산동의 조직들은 그리 크다고 볼 수가 없었다. 10명 안팎의 양아치들이 그곳의 이권을 놔두고 피터지게 싸우고 있는 중이었다.

다른 큰 조직들은 개입하지 않는다.

양아치들이지만 물불을 가리지 않는다.

살인도 쉽게 저지르는 놈들이었다. 별을 다는 것이 훈장처럼 여기는 놈들이기도 했다.

더군다나 그 지역은 동남아 애들이 갱을 만들어서 활보하기도 했다.

방글라데시와 필리핀 놈들은 잔인하기로 유명하다. 한국 여고생들을 잡아다가 강간하고 팔아 치우는 일들도 허다했다.

어떤 자들은 안산공단의 동남아 갱들보다 그들이 더욱 악질이라고 말하기도 하였다.

어쨌든 독산동의 동남아 갱들과 양아치 조직들이 한꺼번에 뒤엉켜 있기에 다른 큰 조직들도 섣불리 들어갈 수가 없었다. 또한 그쪽을 집어삼키기에는 이권이 너무 작기도 했다.

소를 탐하다가 대를 잃을 수 있다는 생각을 각 조직의 보스들은 하고 있을 것이다.

기현은 시계를 봤다.

새벽 1시.

그가 있는 평택에서 독산동까지 가려면 아무리 밟아도 1시간 30분은 걸린다. 또한 얼굴이 어느 정도 알려진 기현이 동생들을 잔뜩 데리고 나이트클럽 안으로 들어가기에는 애로 사항이 많았다.

지환과 둘이 들어갈 생각이다.

그전에 놈을 놓칠 가능성이 있다는 것이다. 그는 도수에게 전화를 걸었다.

바위처럼 꿈쩍도 하지 않던 도수.

강남의 알맹이를 맡긴다고 해도 고개를 저었던 그다. 그런 그가 자진해서 나선다고 하였다.

성태의 대한 분노 때문은 아닌 것 같았다. 기현이 모르는 뭔가가 분명 있었다.

어쨌든 잘된 일이었다.

도수가 이 판에 끼어든다면 최소 10퍼센트의 승률이 올라간다.

기현의 생각으로는 도수 혼자서 압구정 파 조직원들의 반은 때려눕힐 수가 있을 것 같았다.

압구정 파의 상위 조직원들은 대략 60명에서 70명 사이.

그중에 반을 눕힐 수가 있다면 세상 사람들 모두 믿지 않을 것이다.

하지만 기현은 도수의 싸움을 목격한 적이 있었다. 자신이 그에게 세 번이나 깨지고, 세 번이나 정신을 잃고는 그를 형님으로 모시기로 마음먹었을 때였다.

천년의 도시라는 경주에서 잡혀 온 강간범들이었다.

모두 다섯 명.

물불을 안 가리는 악질적인 놈들로, 아리랑 치기로 다섯 명이나 중상을 입히고, 여덟 명이나 돌려 가면서 강간을 했다. 그중에 한 명은 정신적인 충격으로 자살을 하기도 했다.

그런 짓을 저지르고도 반성의 기미가 하나도 없는 놈들이었다.

놈들은 겨우 스무 살로 미성년자를 막 넘겼기에 소년원에서 경북 북부 교도소로 송치가 되었다.

어려서 그런지 눈에 보이는 것이 없는 놈들이었다.

각 조직원들에게 시비를 거는 것은 물론이고, 교도관들에게도 침을 뱉으며 날뛰었다.

그중 한 명은 자해를 하면서 교도관들이 자신을 이렇게 만들었다고 하여 언론에 보도되기도 하였다.

어쩌면 그들과 도수가 부딪치는 것은 필연적이라 할 수 있었다.

평소에 도수는 말수가 없고, 얌전한 편이다. 자신에게 해만 끼치지 않으면 먼저 나서서 상대를 억압하거나 폭력을 행사하지 않았다.

그렇기에 정신 나간 것들이 만만히 보고 덤비는 것인지도 모른다.

물론 기현도 그중에 한 명이었지만.

일은 세탁실에서 벌어졌다.

놈들 중에 한 명이 세탁 바구니를 들어서 도수에게 덮어씌웠다. 어디서 구했는지 팔뚝만 한 몽키로 도수의 사지를 내려쳤다.

기현이 깜짝 놀라서 달려갔을 때는 이미 끝난 상황 같았다.

그런데 놀라운 일이 벌어졌다.

도수의 왼쪽 주먹이 놈들 중 한 명의 옆구리에 꽂혔다. 아직도 귓가에 생생하게 들린다.

우드드득.

사람의 몸에서 그런 소리가 난다는 것을 처음 알았다.

몽키를 들고 있던 놈의 눈이 뒤집히며 붕 떠올라 세탁물 위로 떨어졌다.

세탁물 위로 떨어진 놈은 바들바들 떨었다. 정신을 잃지 않았지만 숨을 제대로 쉬지 못하는 듯했다.

장담하지만 놈의 옆구리는 아작 났을 것이다.

도수는 자신의 머리 위에 덮힌 세탁 바구니를 벗었다. 그 것으로 게임은 끝났다.

놈들은 전치 6주 이상의 중상을 입었다.

턱이 모조리 깨져서 큰 수술을 해야 했고, 한 놈은 안구가 밖으로 튀어나왔다.

조금만 늦었으면 실명을 했을지도 모른다고 했다.

왼 주먹으로 맞은 놈은 여덟 개의 갈비뼈가 부러졌다. 너무 강하게 맞아서 조각이 났으니 망정이지 어설프게 부러졌다면 장기를 찔러서 사망했을지도 모른다는 기가 막힌 얘기도 들려왔다.

그 이후로 기현은 도수가 인간이 아닐지도 모른다는 어처구니없는 생각도 했었다.

그런 큰 사고를 저질렀음에도 도수에게 내려진 벌은 약소했다.

겨우 독방 일주일이었으니 말이다.

기현은 교도관들이 하는 말을 우연찮게 들었다.

4532번 덕분에 우리가 편해졌어. 악명 높은 우리 교도소가 그나마 얌전해진 것이 다 그 사람 덕분이니까. 4532번이 교도관이었으면 좋겠군. 그럼 이곳에서 날뛰는 놈들은 하나도 없을 테니까.

교도관들도 사람이었다.

그들도 그 자식들 때문에 꽤나 골머리를 썩고 있던 것이다. 썩어 빠진 놈들을 얌전하게 만든 도수에게 고마움을 느낄 정도였다.

그런 도수가 움직였다.

그가 누군가와 싸워서 맞는다거나, 쓰러진다는 상상이 가지 않았다.

종종 과거의 전설적인 싸움꾼인 시라소니와 김두한이 되살아나서 도수와 붙는다면 어떤 결과가 나올지 궁금하기까지 했다.

―나다.

도수의 목소리가 들렸다.

"기현입니다, 형님."

―무슨 일이냐.

기현은 자초지종을 설명했다.

도수는 묵묵히 기현의 얘기를 듣고 있었다.

그는 지금 간다면서 전화를 끊었다. 기현은 뒷좌석에 앉아서 마음 편하게 등을 눕혔다.

이제 성태를 죽인 놈이 도수를 만나게 될 것이다.

놈이 어떤 표정을 지을까 생각하는 것만으로도 즐거웠다.

인간에게 칼과 총이 쥐어졌을 때 비로소 맹수와 동등해진다.

뛰어난 두뇌도 한몫을 한다.

하지만 맹수의 두뇌가 인간을 넘어선다면 어떤 일이 벌어질까.

"크크크."

기현은 낮게 웃음을 터트렸다.

지환과 두 명의 동생이 어리둥절한 표정으로 그런 기현을 바라봤다. 왜 그러냐고 물었지만 기현은 대답하지 않았다.

그는 창문 밖으로 고개를 돌리고 빠르게 지나치는 도시의 네온사인들을 바라봤다.

인간이 맹수 앞에 서면 어떻게 될까.

네놈은 상상 그 이상을 뛰어넘는 공포를 느끼게 될 것이다.

그것은 소종태 네놈도 마찬가지고.

*　　*　　*

도수는 독산동에 있는 한국관에 도착했다.

다른 나이트클럽과 다르게 2차선 좁은 도로에 있었다. 나이트클럽 뒤로는 시장과 상점들이 뒤엉켜 있었다. 시장 상인들은 모두 퇴근을 해서 어두컴컴했고, 술집이 들어서 있는 상가들만이 불을 밝혔다.

길에 다니는 사람들은 대체로 연령대가 높았다.

홍대가 20대 초중반, 강남이 20대 중후반이라면 이곳에 드나드는 사람들은 대체로 20대 후반에서 30대 초반 사람들이 많았다.

정장을 입은 사람들이 많은 것으로 보아 회사원들이 대다수였다.

도수는 건물 앞으로 다가갔다.

건물 앞 간판에 1층부터 5층까지 상가의 이름들이 적혀 있었다.

한국관 성인 나이트클럽은 5층이다.

건물 안으로 들어가자 나이트클럽으로 가는 엘리베이터가 따로 있었다.

정장을 입은 두 사내가 나이트클럽 안으로 들어오는 모든 손님들을 향해 인사를 하며 친절하게 엘리베이터 버튼을 눌러 주었다.

그들은 찾으시는 웨이터가 있습니까, 라고 물은 후 그렇다고 대답을 하면 재빠르게 연락을 해서 세팅을 해 놓았다.

정장을 입고 있지만 기도를 보는 자들은 아니었다. 호리호리하고 요즘 유행하는 적당히 라인이 들어가 몸매를 드러나게 하는 정장을 입고 있었다.

도수가 엘리베이터 앞에 서자 눈치를 차리지 못할 만큼 빠르게 눈으로 훑더니 물었다.

"일행이 있으십니까?"

도수는 고개를 흔들었다.

"아는 웨이터가 있으십니까?"

다시 고개를 흔들었다.

"제가 소개시켜 드리겠습니다. 안으로 들어가시죠, 들어가셔서 유안진을 찾으시면 됩니다."

유안진이라……. 메이저리그에 진출해서 큰 성공을 거둔 한국인 야구 선수였다.

그쪽에 대해서 문외한인 도수지만 민희와 유정이 이야기하는 것을 들어서 귀에 익었다.

엘리베이터가 열렸다.

도수가 타자 열 명 정도 되는 사람들이 뒤를 따라 우르르 몰렸다.

향수 냄새가 물씬 나는 여성 세 명과 남성 일곱 명이었다. 일행으로 보이지는 않는다.

여성 세 명은 같이 온 모양이다. 어디서들 한 잔 한 것으로 보였다.

좁은 공간에 갇혀 있자 술 냄새가 진동을 한다.

5층까지는 금방이었다. 엘리베이터 문이 열리자 복도가 나타났다.

복도 앞에도 두 명의 웨이터가 있었다.

왼쪽으로 가면 남녀 화장실이 있었고, 오른쪽으로 가면 비상구였다.

웨이터가 90도로 고개를 숙였다.

"어서 오십시오. 찾으시는 웨이터가 있으십니까?"

그들은 1층에서 들었던 말을 앵무새처럼 반복했다.

여성들은 누군가를 찾았다. 10초도 되지 않아 노란색으로 머리카락을 물들인 웨이터가 나타나서 그녀들을 안내했다. 남자들은 아는 웨이터가 없는 모양이었다.

문 앞에 정장을 입고 있던 사내들이 누군가에게 연락을 하자, 두 명의 웨이터가 급히 달려와 모시겠습니다, 라고 말했다.

도수에게도 웨이터가 붙었다. 특이하게 여성 웨이터였다.

짧은 단발 머리에 화장이 짙었다.

싸구려 향수는 쓰지 않는지 기분 좋은 은은한 냄새가 풍겼다.

"어서 오세요. 김인아가 모시겠습니다. 이리로 오시지요."

목소리는 허스키했다. 그녀는 90도로 고개를 숙이고는 도수를 안쪽으로 안내했다.

영화관과 비슷하게 생긴 문 안쪽으로 들어가자 귀청이 떨어지는 음악 소리가 울려 퍼지고 있었다.

너무 커서 사람들의 목소리가 하나도 들리지 않았다.

입구에서부터 높은 단 위에 올라가서 춤을 추는 여인이 보였다.

외국인이었다.

금발 머리에 쭉 뻗은 다리, 잡티 하나 없는 깨끗한 피부, 러시아 무용수였다.

러시아 무용수는 젖가슴을 다 드러내고, 아슬아슬한 실 팬티만 걸친 채 춤을 췄다.

반대편에도 비슷한 스타일의 러시아 무용수가 춤을 추고 있었다.

남성들은 러시아 여자가 가랑이를 활짝 벌리거나, 젖가슴을 봉에 문지를 때마다 열렬하게 환호했다.

하지만 여성들은 대체로 홀에 나가 음악에 맞춰 춤을 췄다.

"여기로 오시죠."

김인아라고 소개한 여성 웨이터가 홀이 잘 보이지 않는 구석진 테이블로 도수를 안내했다. 혼자 왔다고 하니 그런

곳으로 데리고 간 모양이었다.

"룸으로 주지."

도수가 그녀에게 말했다. 그녀는 잘 들리지 않는 모양이었다.

고개를 아주 가깝게 내밀었다. 그녀에게서 화장품 냄새가 확 풍겨졌다.

"룸으로."

"아, 알겠습니다. 이리로 오시죠."

그녀가 밝게 웃었다.

대체로 룸을 찾는 손님들은 최소 50만 원 이상은 쓰고 간다. 운이 좋을 때는 몇 백씩 쓰고 가는 손님들도 있었다.

일단, 값 비싼 양주로 세팅이 되고 그중에 20퍼센트는 웨이터가 가져갔다.

많은 손님들 잡으면 잡을수록 웨이터들이 가져가는 돈은 많아지는 것이다.

그녀는 도수를 데리고 2층으로 올라갔다.

계단은 투명한 플라스틱으로 만들어져 있어서 짧은 치마를 입은 여성들의 속옷이 모두 보였다.

하지만 여성들은 일부로 보이기로 작정을 했는지 개의치 않고 계단 위에서 춤을 췄다.

2층으로 올라오자 음악 소리가 확연하게 줄어들었다.

1층처럼 귀청이 떨어지는 느낌은 들지 않았다. 난간을 잡고 밑을 보니 스테이지 안에는 사람들이 바글바글하게 모여서 춤을 추고 있었다.

부킹이 제대로 되지 않았는지 술에 취한 남자들끼리 허리를 잡고 춤을 추는 모습이 꼴불견이다.

2층은 교도소에서나 볼 수 있는 밑이 1㎝ 사이로 뚫려 있는 철로 만든 복도로 되어 있었다. 걸을 때마다 이음새가 부딪치며 철컹철컹 소리가 났다.

룸의 숫자는 대략 15개 정도였다. 이곳까지 오는 동안 사람들의 얼굴을 확인했지만, 아직까지 놈의 얼굴은 보이지 않았다. 너무도 사람들이 많아서 찾아내기란 쉽지 않을 듯했다.

여성 웨이터가 도수를 룸으로 안내했다. 그가 들어가자 웨이터가 따라 들어왔다.

문을 닫았다. 밖에서 쾅쾅 울리던 음악 소리가 거의 들리지 않았다.

나이트클럽의 룸은 룸살롱의 룸과 거의 흡사했다.

다른 것이 있다면 화장실이 없을 뿐이었다.

여성 웨이터가 한쪽 무릎을 꿇고는 방긋 웃으며 물었다.

"무엇으로 가져다 드릴까요, 손님."

"괜찮은 양주 큰 것하고 안주는 알아서."

"알았습니다. 금방 가져다드리겠습니다."

웨이터가 나가고 난 후 2분도 되지 않아 문을 똑똑 거렸다.

김인아라는 웨이터와 다른 두 명의 웨이터가 각종 안주들을 내려놓았다.

차가운 맥주도 스무 캔이나 가져왔다. 딱 봐도 수십만 원은 호가하는 양주도 한 병이 깔렸다.

곧 이어 검은 원피스를 입은 여자 두 명이 그녀의 손에 이끌려 룸으로 들어왔다.

그러나 그녀들의 얼굴은 곧 바로 굳어졌다.

도수가 손을 흔들어서 그녀들을 제지했기 때문이다.

"잠시 혼자서 마시고 싶군. 조금 있다 부탁하지."

도수의 말에 여성 웨이터는 싱긋 웃으며 대답했다.

"알겠습니다. 그럼 조금 있다 김인아를 찾아 주세요."

말을 한 후 방문을 닫고 나갔다.

도수는 위스키 한 잔을 원 샷으로 마셨다. 빈속에 마셔서 그런지 속이 찌르르 한 것이 기분 좋게 후끈 달아올랐다. 담배를 입에 물고 불을 붙였다.

자, 여기서 어떻게 할 것이냐.

놈이 찾는다고 헤집고 다니다가 놈이 먼저 자신을 발견하면 일을 그르치게 된다.

자신의 외모가 확연하게 눈에 띤다는 것을 잘 인식하고 있는 도수였다.

그렇다고 죽치고 앉아 있을 수는 없었다.

놈을 찾되 확실하게 잡을 수 있는 방법을 마련해야 했다.

위이이잉—

마침 기현에게 전화가 왔다. 도수는 전화를 받았다.

"나다."

—형님, 기현입니다. 어디십니까?

"한국관 안이다."

—놈은 찾으셨습니까?

"아직."

—그럼 잠시만 기다리십시오. 10분이면 도착합니다.

"아니, 너는 이곳 출입구들을 막아라. 몇 명이나 있지?"

—저를 포함해서 네 명 있습니다.

"좋아. 앞문, 뒷문, 지하 주차장을 지켜라. 내가 놈을 잡겠다."

—알겠습니다.

기현은 같이 잡아야 한다느니, 위험하니까 조심하라느니, 라는 말은 하지 않았다.

그런 말 자체가 도수에게 소용이 없다는 것을 잘 알고 있기 때문이었다.

도수는 소파에 등을 뉘었다.

10분 뒤에 시작이다.

그때까지는 이렇게 앉아서 쉬면 된다. 놈을 찾은 것이 큰 우연인 만큼 10분 안에 놈이 빠져나간다면 그것도 놈의 운이다.

그것까지는 어쩔 수가 없었다.

도수는 잔에 얼음을 넣고 위스키를 따랐다.

몇 번 흔들고는 목구멍으로 넘겼다.

그렇게 두 잔을 연거푸 마셨다.

약간의 취기와 흥분은 몸을 긴장시킨다. 과도한 긴장을 풀어 주는 역할도 했다.

물론 더 이상 마시면 감각이 떨어져서 눈먼 칼에 맞을 수도 있었다.

핸드폰에 시계를 보았다. 10분이 지났다.

기현과 조직원들이 도착해서 각 출입구를 봉쇄했을 터였다. 이제 놈만 잡으면 된다.

도수는 자리에서 일어났다.

두터운 외투는 손에 들었다. 놈이 혼자가 아니었을 때는 대비하기 위함이다.

도수는 문의 손잡이를 잡고 안쪽으로 열었다.

문을 열자 쾅쾅 거리는 음악 소리가 들렸다. 너무 시끄러워서 신경을 분산시킨다.

그는 주변을 훑었다. 계단에서 춤을 추는 사람들 중에는 놈이 없었다. 1층 스테이지와 테이블도 살폈다. 스테이지에도 놈은 보이지 않았다.

테이블은 확인을 할 수가 없었다. 너무 어두워서 남성인지 여성인지 윤곽만 확인할 수 있을 뿐이었다.

놈이 테이블에 있을 것이라고는 생각하지 않는다. 놈은 전문적인 해결사.

얼굴이 훤히 드러나는 짓은 하지 않을 것으로 예상된다. 그렇다면 룸 안에 있을 가능성이 높았다.

도수는 룸 하나, 하나를 살폈다.

문을 조심스럽게 열어 본다.

문을 열자 온갖 추잡한 행태가 벌어지고 있었다.

상의를 탈의한 놈, 하의도 탈의하고 벽에 오줌을 쏘는 놈, 여럿이서 그룹 섹스를 하는 놈들.

도수의 눈살이 절로 찌푸려졌다. 너무 역겨워서 다 쳐 죽이고 싶은 살심도 일어났다.

아직 놈은 보이지 않고 있다.

코너를 돌았다. ㄷ 자로 된 2층 룸들 중에서 스테이지 바로 위에 있는 룸들이 가장 규모가 컸다.

거기 있을 가능성이 높았다.

다시 문을 열어 본다.

안쪽에는 세 명의 남녀가 뒤엉켜 있었다.

남성들은 옷을 벗지 않았다.

여성들 둘이서 속옷만 입고 테이블에 올라가 춤을 췄다. 다른 한 여성은 노래를 불렀다.

한 사내가 그녀의 뒤로 다가가 젖가슴을 움켜쥐었다. 여성은 엉덩이를 사내의 중심부에 문질러 더욱 흥분시켰다.

도수가 문을 닫았다.

그놈을 봤다.

가운데 앉아서 웃고 있던 자가 바로 그였다.

수염은 깨끗하게 밀었지만, 확실히 알아볼 수가 있었다. 웃고 있지만 얼음처럼 냉정한 눈동자.

그 눈동자만큼은 잊을 수가 없었다.

도수는 심호흡을 했다.

놈을 최대한 빠르고 신속하게 잡아서 끌어내야 한다. 그러려면 일행으로 보이는 두 명의 사내부터 먼저 잡는다.

셋을 센 후 도수는 벌컥 문을 열었다.

놈들의 시선이 이곳으로 쏠렸을 때 단번에 두 놈을 칠 생각이었다.

그런데 의외의 상황이 벌어졌다. 테이블 위에서 춤을 추던 여성들은 그대로다.

하지만 아까처럼 흥겹거나 즐기고 있지를 않았다.

그녀들의 눈동자가 매우 겁을 먹어 보인다. 노래 소리도 마찬가지였다. 억지로 부르고 있다.

도수는 아차 싶었다.

놈들이 보이지 않는다.

그는 반사적으로 몸을 굴렀다.

순간, 놈들 중에 한 명이 휘두른 칼이 허공을 갈랐다. 극히 짧은 찰나였다.

1초만 늦었어도 도수의 목덜미에는 칼이 꽂혔을 것이다.

등줄기가 서늘해지지 않을 수 없었다.

그가 계획했던 것은 처음부터 틀어졌다. 문을 열었을 때 놈이 자신을 봤던 것이다. 서로의 눈이 마주치지 않았다고 왜 그것을 몰랐을까.

명백한 자신의 실수였다.

"씨발, 뭐야. 이 새끼!"

칼을 휘두른 사내가 도수를 쫓아오며 칼을 찍었다.

도수는 놈에게 들고 있던 외투를 던졌다. 커다란 외투가 활짝 펼쳐지며 칼을 찍던 놈의 몸을 휘감았다.

"이런 씨발."

그는 다른 손을 뻗어서 코트를 잡고는 바닥에 내팽개쳤다.

아주 짧은 시간이지만 목숨을 건 싸움을 할 때는 그것으로 결판이 난다.

목숨을 건 싸움만 그런 것이 아니었다. 열차 사고가 일어날 때, 건물에서 밑으로 추락할 때, 화재가 났을 때, 연쇄 추돌사고가 났을 때, 극적으로 목숨을 구한 생존자들은 한결같은 말을 한다.

1분이 10년 같았어요.

짧은 시간이 너무 고통스러워서 그런 말을 하는 것이 아니다.

정말로 그렇게 느끼기 때문이다.

어떤 큰일이 닥쳤을 때 인간의 정보 처리 능력은 몇 배나 늘어난다.

시간이 아주 느리게 가는 것처럼 느껴지는 것이다. 그렇기에 사람들은 그 시간만큼은 똑똑하게 기억하고, 영원히 잊어버리지 않는다.

지금의 도수가 그랬다.

아주 짧지만 목숨이 위험했다는 느낌을 받으며 긴장감이 극한으로 고조가 되었다.

동시에 시야가 넓어지며 놈들의 움직임이 훤히 보였다.

도수의 다리를 올려 찼다.

그의 구둣발이 놈의 턱을 강타했다.

턱에서 우직 소리가 나며 고개가 확 젖혀졌다. 무엇인가 허공을 튕겨졌다.

반으로 잘린 혀가 천장에 잠시 붙었다가 바닥에 떨어졌다.

혀를 입 밖으로 내밀고 있었던 모양이다. 그의 불행은 거기서 끝나지 않았다.

도수의 다리가 다시 하강을 시작한 것이다.

구두의 뒤꿈치가 그의 뒤통수를 내려찍었다.

수박이 깨지는 듯한 빠각 소리가 나며 놈의 이마가 테이블을 찍었다.

테이블 위에서 오들오들 떨고 있던 두 명의 여성이 중심을 잡지 못하고 바닥에 떨어졌다.

잔뜩 있던 술과 음료들이 와장창 소리를 사방으로 튀어나갔다.

바닥은 질펀질펀하게 젖는다.

사내는 핀볼처럼 튕겨졌다. 그는 바닥에 쓰러져서 일어나지 못했다.

둘의 공방은 아주 짧게 이뤄졌다. 길게 잡아야 겨우 몇 초였다.

그 시간 동안 칼을 휘두른 사내는 중상을 입은 것이다.

쓰러진 여자들은 신음을 흘렸고, 노래를 부르던 여자는 마이크를 잡고서는 덜덜 떨 뿐이었다. 비명도 지르지 못했다.

"당신들은 나가."

도수가 여성들을 가리키며 말했다.

여성들은 안도의 눈빛을 보이며 옷과 가방만을 챙긴 채 밖으로 나갔다.

상의가 벗겨져 있었지만 입을 생각은 하지 못했다.

여성들이 나가자 도수가 문을 잠갔다. 해결사와 남은 사내가 칼을 꺼냈다. 이제껏 여유를 잃지 않았던 해결사의 눈빛이 달라졌다.

그런 해결사를 보며 도수는 빙그레 미소를 지었다.

"여기서……."

말을 줄였다. 잠시 뜸을 들인 도수의 말이 이어졌다.

"걸어서 나갈 사람은 나밖에 없을 거야."

4.

증거

CITY OF
WILD BEAST

도수는 차에서 내렸다.

그가 내린 곳은 인천 물류 창고.

이곳으로 오는 동안 막아 서는 경비는 없었다. 부두가 코 앞이었다.

차가운 바닷바람이 세차게 몰아쳤다.

징그럽게도 차가운 바람이었다. 뼈가 욱신거리며 비명을 지를 정도였다.

도수는 담배를 물었다. 라이터로 붙이려고 했지만, 바람 이 강해서 붙지 않았다. 쫓아서 내린 기현이 양손을 들어 바람막이를 해 주었다.

그제야 불이 붙었다.

"괜찮으십니까, 형님."

기현이 물었다.

도수의 오른팔에서 베인 자국이 있었다.

와이셔츠를 찢어서 지혈을 했지만 아직도 피가 배어 나왔다.

"괜찮아."

"놈의 반항이 거칠었나 봅니다."

"전문가다운 솜씨더군."

해결사와 함께 있던 놈은 별것이 아니었다.

평범한 칼잡이었다. 누군가를 죽이기 위해서 진짜로 찌른 적도 없는 풋내 나는 햇병아리였다. 놈을 제압하는 데는 딱 한 수만 충분했다.

그러나 해결사의 솜씨는 진짜였다.

전문적으로 배웠는지 칼을 놀리는 실력은 굉장했다.

현란한 기술도 없었다. 찌르고, 베고를 짧고 간결하게 행했다.

그 빠르기란 도수의 눈으로 잡을 수가 없었다. 수많은 실전을 겪어 몸에 기술을 익히지 않았다면 지금보다 훨씬 큰 상처를 입을 수도 있었다.

도수는 테이블을 통째로 들어서 놈을 밀어붙였다.

좁은 공간에서 놈이 빠져나갈 구멍은 없었다. 그가 가진 칼로는 두터운 탁자를 뚫을 수도 없었다.

그것으로 끝이 났다.

벽을 뚫을 정도의 힘에 부딪친 그는 그대로 정신을 잃고 말았다. 도수는 놈의 팔목과 발목에 케이블 타이를 당겼다.

얇은 플라스틱이지만 한번 묶이면 어지간해서는 끊어지지가 않는다.

과거 도수도 그것을 끊기 위해서 시도를 해 본 적이 있었다.

도수는 팔목에 시뻘겋게 멍이 들 정도로 힘을 줘서야 간신히 끊을 수가 있었다.

하물며 도수보다 약한 힘을 가진 자는 절대로 끊지 못한다.

수갑보다 훨씬 유용한 물건이었다.

해결사의 팔과 다리를 묶은 도수는 그를 어깨에 들쳐 메고 한국관을 나왔다.

누구도 그를 막는 사람은 없었다. 밖으로 나오자 기현이 대기를 하고 있었다. 기현은 도수를 보며 꽤나 놀란 눈치였다.

설마 저렇게 굴비 묶듯이 데리고 나올 줄은 예상하지 못했던 모양이다.

"놈을 옮기겠습니다."

지환이 기현에게 다가와 물었다.

기현은 고개를 끄덕였다.

지환과 두 명의 동생이 차 트렁크를 열어서 묶여 있는 해결사를 꺼냈다.

놈은 깨어나 있었다.

반쯤은 낙담을 했는지 발악을 하지는 않았다.

아까 전까지만 하더라도 생생하게 살아 있던 눈동자도 빛을 잃었다.

그들은 해결사를 데리고 창고 안으로 들어갔다.

기현은 도수가 담배를 태울 때까지 기다렸다. 그가 담배를 바다에 던지자 말했다.

"들어가시죠, 형님."

도수는 고개를 끄덕였다.

도수와 기현은 엄청나게 큰 창고 안으로 들어갔다.

화물차가 드나들 수 있는 문은 굳게 닫혀 있어 쪽문으로 들어가야 했다.

내부의 크기도 상당했다.

컨테이너 박스만 수백 개가 넘었다.

컨테이너 박스들을 레고 블록처럼 잔뜩 쌓아 놨다.

창고 안이 밖보다 더 추운 것 같았다.

바깥이 바람은 더 불지만 이곳은 냉장고 안에 들어온 느낌이 들었다.

하얀 입김이 나오고 손끝과 발끝이 빠르게 얼어붙었다. 발과 손을 움직이지 않으면 금방이라도 마비가 될 듯했다.

"춥죠? 형님."

기현도 꽤나 추운 모양이었다.

가죽 장갑을 낀 상태에서도 손을 계속해서 비볐다.

도수는 아무런 말없이 지환과 다른 기현의 동생들이 하는 일을 지켜봤다.

그들은 부서진 나무 조각들을 가지고 와서 드럼통에 넣었다.

그런 다음 휘발유를 부었다. 신문지에 불을 붙이고 안쪽에다 휙 던졌다.

불길이 화르르 하고 타올랐다. 드럼통 근처로 금방 온기가 생겼다.

"이리로 오시죠, 형님."

기현이 도수를 드럼통 주변으로 데리고 갔다.

동생들은 1분 정도 손을 녹인 후 바닥에 엎어져 있던 해결사를 질질 끌고 갔다.

발목에 쇠살을 묶어 도르래를 이용해서 끌어올렸다.

해결사가 거꾸로 매달렸다. 지환은 그를 자신과 눈높이를 맞추고는 입에서 헝겊을 뺐다.

"이름."

"······."

해결사는 아무런 말을 하지 않았다. 처음 끌려올 때와는 다르게 눈초리가 매서워졌다. 그런 해결사를 보며 지환은 입술 끝을 올렸다.

도수와 기현은 아무런 말없이 진환을 지켜봤다. 이곳에서 가장 큰 상처를 받은 인물은 그였다. 성태를 죽인 범인을 색출하기 위해서 잠도 자지 않고 미친 듯이 서울 거리를 헤맸다.

그렇기에 도수와 기현은 아무런 말을 하지 않았다. 특히 도수는 그의 마음을 가장 잘 안다. 사랑하는 사람을 잃은 슬픔을.

슬픔은 분노가 되고 증오가 된다.

"딱 한 번만 더 묻지, 이름?"

"좆까."

"좋아. 너의 입을 열 수 있는 방법은 수백 가지도 넘어."

지환은 해결사의 상의를 찢었다. 잘 단련한 몸매가 드러났다. 칼잡이라 그런지 몸에서도 칼에 베인 상처들이 상당수 있었다.

그렇지 않아도 외투를 입고 있지 않았던 그였다.

몸은 상당히 차가워져 있었다.

입술이 시퍼렇게 변하고 얼굴의 근육들이 딱딱하게 굳었다.

추위로 인해서 솜털들이 곤두서고 피부는 닭살로 변했다.

딱딱딱딱—

약한 모습을 보이지 않기 위해 해결사는 어금니를 꽉 깨물었지만 육체의 반응을 막을 수는 없었다.

퍼렇게 변했던 입술이 덜덜 떨리며 이빨들이 위아래도 부딪쳤다.

"추워?"

"개소리 하지 말고 어서 죽여."

"성태가 어떻게 죽었는데 쉽게 죽일까…… 간단하게 죽

을 생각은 꿈에도 하지 않는 것이 좋을 거야."

지환은 해결사를 보며 잔인하게 웃었다.

그의 입을 열어서 성태를 죽인 배후를 알아내겠다는 의지를 분명히 보여 줬다.

"이건 말이야. 러시아 군인들이 사로잡은 체첸 반군들을 가지고 놀 때 사용하던 방법이래. 어떤 고문인지 궁금하나? 간단해, 러시아군들은 체첸 반군 몸에 휘발유를 뿌리는 거야. 그리고 풀어 줬지, 시베리아 한복판에서. 러시아군들은 키득되면서 얼마나 멀리 체첸 반군 놈들이 도망을 쳤는지 내기를 했다는군. 어떻게 됐을 것 같나?"

"……."

해결사는 아무런 말없이 지환을 노려봤다.

"최고로 멀리 도망간 놈이 겨우 450m라고 하더군. 듣기론 불타 죽는 것보다 고통스럽다고 하지. 뼈까지 찢어지는 느낌이라고 하던가. 한 번 맛을 봐."

지환은 해결사의 몸에 휘발유를 뿌렸다.

"으아아아아악!"

어떤 고문도 이겨 낼 수 있을 것 같은 해결사의 입에서 단박에 비명이 터져 나왔다. 비명 소리가 너무도 처절하다.

약 10초 후, 지환은 동생들에게 눈짓을 했다.

그들이 큰 타월을 가지고 와서 해결사의 몸을 덮었다. 짧은 시간이지만 그의 눈동자는 공포로 가득 찼다.

"어때? 아주 시원하지. 이곳이 비록 시베리아는 아니지만 충분히 느낄 거야. 이름을 말할 기분이 들었나?"

"······좆까라고."

"역시 전문가답군. 보통 악이 있는 게 아니야. 그런데 말이야. 난 오히려 즐겁다고. 천천히, 아주 천천히 자네의 입을 열 수가 있으니까 말이야."

지환이 다시 휘발유를 그의 몸에 뿌렸다.

차가운 냉기로 인해서 해결사의 눈동자가 카멜레온만큼이나 부릅떠졌다.

그는 그렇게 다섯 번이나 더 휘발유를 뿌렸다.

해결사의 몸이 축 늘어졌다. 더 이상은 버틸 수가 없을 듯했다.

그럼에도 그는 입을 열지 않았다.

열게 되면 그 즉시, 죽는다는 것을 알고 있었다.

맹렬하게 머리를 굴리며 빠져나갈 수를 생각하고 있는지도 몰랐다.

"대단하군. 좋아, 우리가 너무 신사적으로 대했나 봐. 그냥 우리 하던 식으로 하지. 역시 우리 것이 좋은 것이야. 러시아 놈들 말대로 하니까 전혀 안 먹히잖아."

지환의 말에 동생들이 용접기를 가지고 왔다. 용접기 끝에서 파란색 불이 내뿜어졌다.

"이건 말이야. 고통은 엄청난데. 당하는 사람은 쉽게 죽지 않아. 신체를 잘라 내도 상처를 곧바로 봉합해 주지. 우리도 인간인지라 어지간해서 이런 고문은 가하지 않아. 하

지만 우리는 네놈을 인간으로 생각하지 않기로 했어. 너 해
결사라면서, 그럼 꽤나 많은 사람을 죽였을 것 아니야. 그
중에서는 고문으로 죽인 사람도 있을 테고. 자업자득이라고
생각해. 물론 네가 끝까지 입을 다물고 있어도 상관없어.
조금 시간이 걸릴 뿐이지. 누가 이런 짓을 저질렀는지 알아
낼 테니까."

지환이 해결사의 양손을 밑으로 내렸다.

그의 묶인 손이 아래로 내려오면서 어깨에서 우드드득 소
리가 났다.

강제로 양팔을 꺾었으니 탈골이 된 모양이었다.

"이 자식 꽉 잡아."

동생들이 거꾸로 매달려 있는 해결사의 몸을 잡았다.

지환은 그의 손가락에 용접기를 가져다 댔다.

치이이이익—

"으아아아아아아악!"

해결사의 입에서 처절한 비명이 다시 터졌다.

아까와는 비교도 되지 않는 비명이었다.

그의 몸이 양쪽으로 요동을 쳐서 동생들이 있는 힘껏 힘
을 줬다.

살고 싶은 생각 때문인지, 고통인지 몰라도 요동은 굉장
히 심했다.

손가락이 툭 하고 잘려 나갔다.

놀랍게도 피는 나오지 않았다. 손가락을 잘라 내면서 바

로 살과 피를 태웠기 때문이었다.

"이번에는 팔목이야. 하나씩 잘라 주지. 마지막에는 목밖에 남지 않을 거야. 목만 남고도 살아남을 수 있는지 기대해 보지."

치이이이익—

지환은 해결사의 팔을 가랑이에 껴서 고정시켰다.

그리고 용접기로 팔목을 잘라 냈다.

푸시시식!

소리와 함께 그의 팔목이 힘없이 잘려 나갔다. 역시 피는 나오지 않았다. 팔목 부근은 시커멓게 그을려 있었다.

"용대, 김용대요. 내 이름은 김용대요."

해결사의 입에서 드디어 자신의 이름이 튀어나왔다.

지환은 기현을 보며 씨익 웃었다. 이제는 끝났다는 웃음이었다.

한 번 입을 연 이상 모든 것을 털어 낼 것이다. 무너진 둑은 다시 되돌아갈 수가 없었다.

놈의 입에서 나온 말은 기현과 도수가 가장 듣고 싶었던 내용이었다.

용대의 나이는 생각보다 많았다.

올해 36살로 17살 때부터 폭력과 강간으로 교도소를 들락날락거렸다. 자그마치 전과 18범이다.

놈이 해결사의 길에 들어선 것은 24살에 교도소에서 만난 한 남자 덕분이었다.

그는 용대의 배짱과 자질을 높이 사서 칼 쓰는 법을 가르쳤다.

그것뿐만이 아니라 사람을 살해 후, 어떤 식으로 행동을 해야 하며, 경찰의 포위망을 빠져나가는 방법 등 많은 생존 능력을 주입했다.

덕분에 24살 이후 놈은 한 번도 교도소에 간 적이 없었다.

대신 청부 살인의 길에 들어선 것이다.

현재 그가 받는 청부 살인의 대가는 최저 3천만 원에 이른다.

그리고 민태를 죽이는 대가로 받는 돈은 자그마치 1억 5천 만 원이었다.

선수금으로 3천을 받았고, 성공했을 시 나머지 1억 2천을 받기로 했다.

대한민국에서 내놓으라 하는 조직의 두목을 죽이는 것은 쉽지 않은 일이다.

결과는 실패했다.

그가 아직도 서울에 있는 이유였다. 1억 2천이라는 거금이 눈앞에 아른거려 참을 수가 없었다.

그 돈이면 한동안은 사람을 죽이지 않고도 도박 자금을 마련할 수 있었다.

염진혁도 아무런 말을 하지 않았다. 대신 위험하다 싶으면 바로 중국으로 도망가라고 당부했다. 용대는 알겠노라고 대답했다.

그는 민태를 암살하는 데 성공하지 못했다. 그렇다고 도망가지도 못했다.

이곳에서 거꾸로 매달려 있는 이유가 그것을 증명했다.

사부라고 할 수 있는 사내에게 칼질을 배운 후 더욱 발전시키기 위해서 연습을 한 적은 없었다. 단련도 한 적이 없었다.

지금까지 한 번도 청부 살인에 실패한 적이 없었다는 자부심 때문이었다.

사내에게 배운 호흡법도 청부 살인을 하기 직전이 아니면 행하지 않았다.

점점 실력이 녹슬어 간다는 것을 알면서도 개의치 않았다. 언젠가 크게 한탕을 하고서는 한국을 떠날 생각이었다.

10억쯤 있으면 필리핀이나 태국으로 가서 가정부를 두고 떵떵거리며 살려고 했다.

하지만 10억을 벌기란 쉽지가 않았다.

꼬박꼬박 청부 살인에 대가로 지급받은 돈을 모았다면 진작 채웠을지도 모른다.

하나, 그의 돈 씀씀이는 너무 컸다.

특히 카지노에 들락거리며 10억에 가까운 돈을 탕진했다.

빚도 있었다.

목숨이 위험에 처한 이유는 절대적으로 본인 책임이었다. 그의 사부가 봤더라면 괜한 짓을 했다고 혀를 찼을 것이다.

손에서 피를 털어 낸 지환이 기현에게 모든 것을 보고했다.

기현은 고개를 끄덕였다.

그는 도수를 보았다. 도수도 같이 들었기에 끄덕였다.

동생들은 뒤처리가 한참이었다. 그들은 용접기로 용대의 신체를 여러 조각으로 절단했다. 피가 튀지 않기에 옷에 묻을 염려는 없었다.

조각난 그의 신체를 드럼통에 넣고는 시멘트를 버무려 안에다 부었다. 뚜껑을 닫고 드럼통은 엎은 후 발로 밀어 창고 밖으로 나갔다.

"형님, 끝났습니다. 예상대로 압구정 파 놈들 짓이었습니다."

"이제 어쩔 생각이지?"

"끝장을 봐야죠. 그놈들은 개만도 못한 놈들입니다. 놈들은 인간이 아니라 도살자들이에요."

"어떻게 끝장을 낼 생각인데."

"전쟁이죠. 한날한시에 한꺼번에 들이닥칠 겁니다."

"너희도 위험해. 경찰들도 바보는 아니니까."

"종태와 진혁이만 잡으면 됩니다. 다른 놈들이야 그들만 없어지면 와르르 무너질 겁니다."

너무 무식하게 일을 진행시키려고 하는 것 같다는 느낌이 들었다.

그렇다고 도수가 왈가불가할 문제는 아니었다.

성태의 죽음은 일차적으로 신사동 파에서 갚아야 할 책임이 있다.

자신은 둘째 문제였다.

자신이 나서면 다른 자들에게 반감을 사게 될지도 몰랐다.

기현처럼 무한정으로 자신을 따를 리가 없었다.

"알았어. 날짜가 정해지면 돕지."

"감사합니다. 형님만 도와주신다면 압구정 파가 아니라 대치동 파가 온다고 하더라도 겁나지 않습니다."

기현이 웃으며 말했다.

도수가 기분 좋으라고 한 말임에는 분명하지만 속마음도 다르지 않았다.

그가 같이 있음으로서 누군가에게 당한다는 생각은 한 번도 해 본 적이 없으니 말이다.

물론 예상치 못한 놈들의 습격이 있기는 했지만.

"해장국 한 그릇 하시고 가시죠. 모시겠습니다."

도수는 고개를 흔들었다.

인간의 사지가 절단당하는 것을 처음으로 목격했다.

속이 울렁거리고 머리가 띵했다. 평범하게 사람이 죽는 것이 아니었다.

보통 사람들이 이 상황을 봤다면 큰 충격을 먹었을 것이다.

도수는 입맛이 싹 사라졌다. 그저 소주 한 잔 마시고 푹

자고 싶을 뿐이었다.

"알겠습니다. 그럼 댁까지 모셔다 드리겠습니다."

"택시 타고 가지. 마무리 하고 와."

"아닙니다. 제가……."

도수가 등을 돌리자 기현이 급히 따라 나섰다.

도수가 손을 휘휘 저었다. 더 이상 쫓아오지 말라는 소리였다.

기현은 걸음을 멈췄다.

도수는 쪽문을 열고 창고 밖으로 나갔다. 창고 밖에서 햇살이 들어오고 있었다.

진환이 기현 곁으로 다가왔다. 그는 지금까지 가장 궁금했던 사실을 물었다.

"기현 형님, 도대체 마도수란 사람은 누굽니까? 누군데 그렇게 깍듯하게 모시는 겁니까? 저는 마도수란 사람을 한번도 들어 본 적이 없어요. 아, 교도소에서 싸움 좀 한다는 소리는 들어 봤네요."

"싸움질이라…… 그래, 그거는 잘하지."

"다른 점이 있습니까?"

진환에 질문에 기현이 코웃음을 쳤다.

"너는 사자와 함께 우리에 갇혀 있다면 어떻게 할 테냐?"

"말이 됩니까? 누가 그런 미친 짓을 합니까, 사자와 함께 우리에 갇혀 있다니."

"사람 인생은 모르는 거잖아. 그래서 만약이라고 하고 묻잖아."

"글쎄요. 일단 우리 밖으로 도망치려고 애를 쓰겠죠."

"그게 안 되면?"

"그게 안 되면이라…… 잘 모르겠는데요."

"잘 생각해 봐. 자신이 죽지 않기 위해서는 사자의 배를 채워 주면 돼. 그럼 사자는 자신을 잡아먹지 않지. 사자란 동물은 말이야, 배가 부르면 함부로 동물들을 죽이지 않거든."

"혹시 도수란 사람이 사자란 말씀입니까?"

"그래, 사나운 사자지. 그것도 두뇌라는 맹독을 가진 사자."

"말이 됩니까?"

지환은 말도 되지 않는다며 너털웃음을 터트렸다.

"말이 돼. 세상에는 우리 같은 사람의 판단으로 잣대를 잴 수 없는 인간들이 존재하니까."

기현은 지환의 어깨를 툭 치며 말했다.

지환은 아직도 이해가 되지 않는다는 표정으로 고개를 갸우뚱거렸다.

*　　　*　　　*

도수는 옷깃을 여몄다. 벌써 동이 터서 햇살이 비치고 있었다.

기현의 동생들은 드럼통을 굴려서 어디로 갔는지 보이지 않았다.

아직도 차가운 날씨지만 춥다는 생각은 들지 않았다.

밤 보다는 훨씬 낫다.

햇살로 인해서 기온이 올라간 탓 같았다.

공기도 맑았다. 약간은 비린내가 나는 바다 냄새가 불어오기는 했지만 불쾌한 정도는 아니었다.

그는 걸어서 공단을 나갔다.

공단의 넓이는 엄청나서 꽤나 헤매야 했다.

이 넓은 곳에 사람들 한 명 보이지 않는다는 것이 신기했다.

큰 도로로 나가자 컨테이너를 실은 트럭들이 줄지어서 들어오는 것이 보였다.

도수는 트럭들이 오는 방향으로 걸었다. 그가 정문을 나서자 철로 된 문을 활짝 열고 있던 경비원이 이상한 눈으로 바라봤다.

그러나 잡아서 당신 누구냐고, 어디서 나오냐고 묻거나 하지는 않았다.

전화기를 꺼내서 시간을 확인했다.

아직 7시가 되지 않았다. 동이 튼 지 얼마 되지 않을 시간이었다.

위이이잉—

마침 전화기를 꺼냈을 때 진동이 울렸다.

유정이었다.

이렇게 이른 시간에 전화가 오다니 별일이었다. 하긴, 이 여자는 도수의 판단으로 예측하기가 어려웠다.

"여보세요."

도수는 전화를 받았다.

—굿 모닝.

상큼한 목소리가 전화기 너머에서 들렸다.

굿 모닝이라. 이런 식으로 전화를 처음 받아 본다.

남고를 졸업하고 대학교를 들어갔을 때도 공대였다.

여자는 눈을 씻고 찾아볼 수가 없었다. 딱, 한 명이 있기는 했지만, 워낙 경쟁률이 치열해서 그녀와 말을 섞을 순번도 돌아오지 않았다.

들리는 말로는 그녀와 밥을 먹기 위해서는 은행에서처럼 번호표를 뽑아서 기다려야 한다고 했었다.

그렇다고 그 여학생이 예쁜 것도 아니었다. 어디서나 볼 수 있는 평범한 여자였다.

아니, 평범한 여자들보다 조금 더 키가 작고, 조금 더 뚱뚱했다.

그런데도 그 여자는 도수가 군대에 갈 때까지 공주 취급을 받았다.

어쨌든 도수는 여자에게 굿 모닝이라는 소리를 들은 적이 단 한 번도 없었다.

아주 낯선 기분이었다. 낯설면서고 나쁘지 않은 기분, 꽃이 활짝 폈을 때 꽃향기를 맡은 기분과 비슷하달까.

"아침부터 어쩐 일입니까?"

도수가 물었다.

같이 굿 모닝이라는 말을 할 수는 없었다. 죽었다 깨어나도 그 말은 할 수 없을 것 같았다.

—에이, 아침부터 어여쁜 여자의 상큼한 목소리를 들었으면 엄청 반가워해야지. 퉁명스럽게 아침부터 어쩐 일입니까, 는 뭐예요?

유정은 도수를 흉내 내며 목소리를 두껍게 깔았다.

마땅히 대꾸할 말이 떠오르지 않는다. 도수는 침묵했다.

—여보세요? 여보세요?

도수가 아무 말 없자 유정이 몇 번이나 불렀다.

"네, 말씀하세요."

—뭐야, 난 또 전화가 끊어진 줄 알았잖아. 뭐해요?

"집에 들어가는 길입니다."

—우엑, 역시 백수가 좋긴 좋구나. 이 시간에 집에 들어가고. 뭐 했는데요?

정말로 궁금해서 묻는 것일까.

아니면 어제 밤에 누구랑, 무엇을 했는지, 여자랑 있었는지, 술을 마셨는지, 그런 종류가 궁금해서 묻는 것일까.

"기현이랑 있었습니다."

그와 무슨 일이 있었는지는 평생 말을 하지 못할 것이다.

그녀가 그 사실을 안 순간, 줄타기처럼 위태로운 관계가 끝장난다는 것을 잘 알고 있기 때문에.

—술 마셨어요?

"네, 조금."

—아침 안 드셨죠?

"네."

—그럼 같이 아침 먹죠?

"출근 안 하십니까?"

—후후, 시간 관념이 제로네요. 오늘 토요일이랍니다. 저는 주 5일제. 쉬는 날은 칼 같이 쉬어야죠.

아, 토요일. 벌써 토요일이구나.

그녀의 말대로 성태가 죽은 이후로 어떻게 날짜가 갔는지 전혀 모르고 있었다.

—식사 안 했죠?

"네, 하지만 생각이 없습니다."

—오우, 노! 한국인은 아침을 든든하게 먹어야 해요. 뱃심으로 살아야죠. 어디에요, 제가 그리로 갈게요. 강서구라고 하셨죠?

정말 무대포 같은 여자다. 남자로 태어났으면 뭔가 해도 큰일을 해냈을 것 같다.

"제가 가죠. 어디로 가면 됩니까?"

강서구라고 괜한 거짓말을 했나 싶었다.

나중에라도 이것은 바로 잡아야 할 듯하다.

유정에게 어디로 오라는 얘기를 듣고 전화를 끊었다.

그는 택시를 잡았다.

밤새 여러 일을 겪었더니 지하철을 타고 싶은 마음이 없었다.

지하철을 타려고 해도 어디서 타는지 알 수가 없었다. 지나다니는 사람도 적었고, 있다고 하더라도 대부분이 길 건너였다.

도수를 태운 택시는 북악산 근처 청운동으로 갔다.

화려한 번화가라기보다는 주택과 아파트가 많은 곳이었다. 북악산 위쪽으로 가면 고급 주택들이 즐비했지만 도수가 그곳으로 갈 일은 없었다.

유정이 말한 버스 정류장 앞에서 내렸다.

이미 유정이 커다란 청색 파카를 입고 기다리고 있는 중이었다.

손은 주머니에 깊게 넣고 발은 동동 구른다. 추운 모양이었다.

도수가 내리는 것을 본 유정이 손을 들어 반갑게 맞이했다.

그녀의 웃는 모습을 보니 어젯밤의 일이 아련한 꿈처럼 느껴졌다.

흑과 백.

전혀 다른 세상에 있는 기분이다.

둘은 24시간 운영하는 감자탕 집에 들어갔다.

이른 아침이라 손님들은 거의 없었다. 젊은 손님들이 두

테이블을 차지하고 있었다.

이미 두 일행 모두 술이 꽤나 취해 있다. 귀에 입술에 피어싱을 한 청년은 술에 취해서 바닥에 대자로 누워서 잠이 들었다. 바닥이 온돌처럼 뜨끈뜨끈하여 금방 술이 오른 것 같았다.

유정은 이모, 여기 감자탕 대자 하나랑 소주 한 명이요, 라고 중년 여인에게 말했다.

중년 여인은 알았어, 아침부터 웬 술이래, 그러다 시집 못 가, 라고 대답했다.

중년 여인과 유정이 자연스럽게 농담을 하는 것으로 보아 단골인 모양이었다.

소주와 밑반찬이 먼저 나오고 감자탕이 나왔다.

감자탕은 도수도 놀랄 정도로 상당한 양이었다.

중년 여인은 남자와 온 유정을 놀리며 음식을 내려놓고는 돌아갔다.

"자주 오시나 봐요?"

도수가 물었다.

"네, 저희 직업상 밤을 꼴딱 세는 일이 많거든요. 그럼 전 이곳에 와서 해장국 한 그릇에 소주 한 병 마시고 집에 가서 자죠."

"여자 혼자서요?"

"설마 도수 씨도 여자와 남자가 어떻니, 라는 말을 하려는 것은 아니겠죠."

남녀평등 뭐시기 하는 것은 아니겠지.

"후후후, 그렇게 정색하실 필요 없어요. 회사 사람들 하고는 마시기 싫고, 그렇다고 햇살이 가득한 방에서 혼자 잠들기는 싫고. 그러다 보니 이곳에 와서 아주 가끔 혼자서 마시고 가는 거예요."

"남자친구를 사귀시죠."

도수의 말에 유정의 안색이 변했다. 미간이 살짝 굽혀지고 한쪽 눈의 주름이 만들어졌다.

"저번에도 말했지만 그다지 마음에 드는 사람이 없다고요. 그리고 도수 씨는 조금 곰 같은 면이 있네요."

무슨 의미일까.

도수는 고개를 갸웃거렸다.

"모르시면 말고. 자, 일단 한잔하세요."

유정은 도수에게 소주를 따라 주었다.

유정의 말에 따르면 어제 할아버지 기일이었다고 한다.

유정의 아버지가 맏이이니 사촌들은 그녀의 집으로 모일 터였다.

더군다나 그녀의 아버지는 차관급 고위 공무원이었다고 하였다.

에둘러 말하지 않아도 알아서 모였을 것이다.

그것까지는 괜찮았다.

하지만 유정이 참을 수 없었던 것은 친척들의 결혼 이야기였다.

나이가 찼으니 가장 예쁠 때 시집을 보내야 한다느니, 자신들이 아는 아주 괜찮은 아들들이 있다느니, 한 번만 만나 보면 마음에 들 것이라니, 몇 시간이나 시달렸다.

술이 한잔 들어간 친척들은 했던 말을 되풀이했다.

유정은 네, 네 그랬지만, 짜증이 나서 당장이라도 뛰쳐나가고 싶었다.

아침 일찍부터 나온 이유가 바로 그것이었다.

얼굴을 보자마자 같은 이야기를 할 테고, 더 이상은 반복된 이야기를 듣고 싶지 않았다.

몇 번이나 생각이 없다고 얘기했지만, 친척들에게는 쇠귀에 경 읽기였다.

"근데 딱 도수 씨 생각이 난 거죠. 영광이죠? 아침부터 제가 전화해 줘서."

"훗."

도수는 빙그레 미소를 지었다.

과연 그게 영광일까, 라는 의미를 담은 미소였다.

"어라, 아닌가 보네. 섭섭하게."

"아닙니다."

도수는 고개를 젓고는 그녀의 빈 잔에 소주를 따라 주었다. 아침부터 먹는 술도 처음이다.

전기공사를 쫓아다닐 시절, 종종 점심 때 반주로 술을 마신 적은 있었지만, 남들 출근할 시간에 마셔 보는 술은 처음이었다.

둘은 소주 세 병을 마셨다.

배가 고팠던지 가득 담겨져 있던 감자탕을 모두 먹었다.

그 위에 공깃밥도 네 그릇이나 비벼서 먹었다.

아까 전까지만 하더라도 입맛이 없더니 일단 입에 들어가니까 허기가 졌다.

"뭐할까요?"

감자탕 가게 밖으로 나온 유정이 물었다. 시간은 이제 겨우 아홉 시를 지나고 있었다.

"뭐하다니요, 이제 집에 들어가야죠."

"벌써요? 에이, 왜 이러실까. 제가 오늘 책임지죠. 노래방 가요."

"노래방?"

"네, 한잔했으니 기분 좋게 스트레스 풀어야죠. 자, 가요."

"거절하겠습니다. 유정 씨도 들어가세요. 어르신들 걱정합니다."

"노노노, 엄마, 아빠도 제가 나가서 다행이라고 생각할 거예요. 친척들의 말에 부모님도 은근히 부담스러워하는 눈치였으니까요."

유정은 도수의 등을 밀었다.

그녀의 힘으로는 아무리 해도 도수가 밀리지 않자 팔을 양손으로 잡아서 당겼다.

"이것 참."

난감한 도수였다. 노래방은 대학교 오리엔테이션 때 가
보고 처음이다.

당시 도수는 자신이 음치인지 처음으로 알았다.

음의 높낮이가 전혀 맞지 않았고, 한 음으로만 끝까지 노
래했다.

그 이후로 도수는 노래방을 좋아하지 않았다.

노래방을 가자고 친구들이 유혹하면 됐다고 하고 집으로
왔었다.

10년이나 지금도 마찬가지였다.

그다지 노래방에 가고 싶은 마음은 없었다.

유정이 이끌고 도수가 끌려가는 입장이지만 남들이 보기
에는 그렇지 않았다.

유정이 싫다는데 억지로 끌려가고, 도수가 화난 얼굴로
끌고 가는 것처럼 보였다.

버스 정류장 앞에 서 있던 몇몇 여학생들이 어머, 어머,
어떻게, 저 덩치 큰 남자 아침부터 뭐하는 짓이야, 신고 해
야 하는 것 아니야, 라고 수군거렸다.

그때였다.

"이 개자식이 돌았나."

젊은 남자의 목소리가 들렸다.

그는 엄청난 속도로 달려와 도수의 멱살을 쥐었다. 그러
고는 있는 힘껏 유정에게서 도수를 떨어트렸다.

도수는 어이가 없어 잠시 젊은 사내를 바라봤다.

고등학생처럼 짧은 머리였다.

고등학생 나이로는 보이지 않았다.

피부는 검게 그을려 있었고 무척이나 건강해 보였다.

키도 크고, 완력도 상당하다.

허름한 트레이닝복에 두터운 외투 하나만 걸치고 있었다. 집 앞에 잠깐 나왔는지 맨발에 슬리퍼다.

바닥에는 그가 들고 있던 대파가 든 검은 비닐봉지가 떨어져 있었다.

도수는 젊은 사내의 팔목을 잡았다.

"이거 놓지."

"뭐? 세상이 거꾸로 돌아가네. 이 변태 양아치 새끼, 뒈졌어!"

사내는 꽤나 흥분한 듯했다.

그렇다고 변태 양아치란 소리는 처음 들어 본다. 그런 단어가 있다는 것도 처음 알았다.

오늘 처음 해 보는 것이 너무 많다고 도수는 생각했다.

그는 손아귀에 힘을 주었다.

"으으윽, 이 새끼 봐라!"

젊은 사내의 얼굴이 심하게 일그러졌다.

팔목이 꺾이지도 않았는데 이토록 고통스러운 적은 처음이었다.

그는 팔목을 안쪽으로 당기며 팔꿈치로 도수의 면상을 갈겼다.

도수도 깜짝 놀랐다. 이런 식으로 반격을 해 올지는 전혀 예상을 하지 못했다.

아니, 죽고 죽이는 싸움이 아니라 마음을 놓고 있었다는 말이 정확할 것이다.

도수가 사내의 팔목에서 손을 풀며 고개를 뒤로 젖혔다. 팔꿈치가 아슬아슬하게 지나쳤다. 하마터면 턱에 명중할 뻔 했다.

아무리 도수라 하더라도 턱 끝을 강타당하면 제대로 움직일 수가 없었다.

젊은 사내의 공격은 계속됐다.

그가 오른손을 바닥에 대더니 몸을 풍차처럼 회전시켰다. 왼쪽 다리가 떠올라 도수의 머리를 노렸다.

도수는 왼쪽 팔을 들어 머리를 보호했다.

빡 소리가 난다. 팔 전체가 울린다.

도수의 몸도 옆으로 주욱 하고 밀려났다.

도수는 다시 생각했다.

이 자식.

보통 놈이 아니다.

전문적으로 격투기를 배운 냄새가 물씬 풍겼다.

실전에서 기술을 써먹으려면 보통의 연습으로는 되지 않는다.

몸에 완전히 익히도록 연습을 했다는 증거였다.

젊은 사내도 눈초리에서 놀란 빛이 떠올라다가 사라졌다.

아무리 덩치가 크다고 하더라도 자신의 이번 일격을 막을 수는 없다고 자부했었다.

하지만 너무 쉽게 가로막혔다.

이런 변태 새끼가 자신의 공격을 막았다는 사실이 너무 어이가 없었다.

"야, 이유민! 이 새끼, 뭐하는 짓이야!"

유정이 갑자기 끼어들더니 유민이라 불린 사내의 귀를 잡고 밑으로 끌었다.

"아야야야, 아파! 누나, 왜 이래! 아야야야."

"너 사과해! 뭐하는 짓이야?"

"뭘?"

"누나 손님한테 왜 주먹질을 하고 지랄이야, 지랄은!"

유정은 귀를 더욱 강하게 당겼다.

유민은 유정이 당기는 대로 끌려갔다.

계속해서 아아야 소리를 내며, 누가 손님인데, 라는 말을 반복했다.

"빨리 이리 와."

유정은 유민을 도수 앞에 세웠다.

그는 누나를 노려보며 이씨, 아파 죽겠네, 라며 투덜거렸다.

"도수 씨, 죄송해요. 제 동생인데 외박을 나왔거든요. 마침 엄마 심부름 나왔었나 봐요."

"잠깐만, 사과는 둘째 치고 아까 그 행동은 뭔데. 이 아저씨가 누나를 막 어디론가 끌고 가려고 했잖아."

유정은 손바닥을 펴서 유민의 뒤통수를 강하게 때렸다.

유민은 아파, 누나, 라며 칭얼거렸다.

"눈은 장식으로 달고 다니냐? 그게 어딜 봐서 도수 씨가 나를 끌고 가는 것으로 보여. 내가 도수 씨한테 노래방 가자고 끌고 가는 중이었다."

"정말?"

"그래! 어서 사과 못해?"

유정에 말에 유민은 마지못해 한다는 듯이 도수에게 고개를 꾸벅 숙였다.

"죄송합니다."

"아닙니다, 괜찮습니다."

도수는 고개를 가로저었다.

유민은 도수를 이리저리 훑어봤다.

"와, 나도 큰 키라고 생각했는데 아저씨는 정말 크네요. 혹시 격투기 선수예요?"

"아닙니다."

"목소리 봐. 완전 성우네, 성우. 누나, 이런 스타일 좋아했어?"

유민은 고개를 돌려서 유정을 바라봤다.

그녀는 입술을 깨물며, 이 자식이 꽉 죽으려고, 진짜, 누나 얼굴에 똥칠하네, 제대로 예의 못 갖춰, 라며 협박했다.

유민은 찔끔거렸다. 꽤나 누나한테 잡혀 사는 것 같았다.

도수는 유민을 물끄러미 바라봤다. 자세히 보니 둘이서 상당히 닮았다.

서글서글한 눈매는 판박이라고 해도 과언이 아니었다. 성격 또한 괄괄한 것이 누가 봐도 남매였다.

"알았어, 알았어. 그러니까…… 제 매형 되실 분이죠? 어쩐지 작은 아빠가 그렇게 선 자리를 주선해도 꿈쩍도 하지 않더니."

"미치겠네. 야, 인마, 일억 광년은 일찍 나갔다. 아오, 원래 이런 애가 아닌데, 어제 먹은 술이 덜 깼나. 죄송해요, 도수 씨."

유정은 창피한지 얼굴이 벌개져서 도수에게 사과했다.

"아닙니다, 괜찮습니다."

도수는 빙그레 웃으며 말했다. 이 남매를 보고 있자니 기분이 좋아졌다.

세상에 근심 걱정이란 모르고 사는 사람들 같았다.

물론 이들의 어머니가 췌장암으로 인해서 큰 고생을 하고 있다고 들었다.

그럼에도 이들은 밝게 웃는다. 선천적으로 밝은 기운을 타고 난 듯했다.

……자신과는 다르게.

"동생 분도 왔는데. 이만 들어가시죠, 나중에 연락을 하겠습니다."

도수가 말했다.

"죄송해요, 제가 괜히 아침부터 불러내서."

"정말로 괜찮습니다."

도수는 유정에게 고개를 숙여 인사를 하고는 유민에게도 고개를 숙였다.

유민은 어정쩡한 자세로 마주 인사를 했다.

도수가 택시를 타고 사라지자 유민은 은근한 눈빛으로 유정에게 물었다.

"뭐하는 사람이야?"

"나도 잘 몰라."

"정말 분위기 끝내 준다. 완전 조직의 보스라고 해도 믿겠는데?"

"조직의 보스는 무슨. 뭐, 분위기가 죽이는 것은 사실이지."

"누나."

"왜?"

"저 사람 좋아하지?"

"뭐? 이게 미쳤나, 왜 자꾸 앞서 가!"

유정이 주먹을 들어서 유민의 옆구리를 쳤다.

"윽, 정말 폭력 마녀야. 그럼 솔직하게 말해 봐."

"뭘, 자꾸."

"저 사람 좋아해, 싫어해? 하늘에 맹세코, 아니, 엄마의 명예를 걸고."

"이게 자꾸 왜 엄마를 가져다 붙여."

"아니면 가서 엄마, 아빠한테 말한다. 아침부터 나가더니 외간 남자랑 이상한데 가려고 했다고."

"야, 인마! 헛소리만 지껄였단 봐라. 너 죽고, 나 죽고야."

"그러니까 말해 보라고."

유정이 우뚝 섰다.

잠시 생각을 정리하는 모양이었다. 이윽고, 그녀가 입을
열었다.

"음…… 싫지는 않아."

"오호, 호감은 있단 소리네. 야, 저 아저씨도 대단하다.
우리 누나 같은 철벽 마녀를 녹이다니. 하긴 뭔가 포스가
대단한 사람이기는 하지만."

"너 엄마 아빠한테는 비밀이야. 아무한테도 얘기하지 마,
알았지?"

"알았어, 알았어. 대신 나 요즘 용돈이 궁한데."

"똥을 아주 쌈 싸 먹어요."

유정과 유민 남매는 티격태격 거리며 골목길을 올라갔다.

5.

역습

CITY
WILD BEAS

오피스텔로 돌아온 도수는 유정에게 전화를 받았다.

그녀는 동생이 너무 버릇없게 굴었다면 죄송하다고 말했다. 도수는 괜찮으니 상관하지 말라고 답해 주었다.

하나 궁금증이 있는 것, 혹시 어떤 격투기를 배웠냐고 물어봤다.

유민의 꿈은 경찰관이라고 하였다. 그래서 그 어렵다는 경찰 대학에 진학했다.

아버지가 어렸을 적부터 격투기를 가르쳤던 것이 꿈으로 발전한 모양이었다.

전체 단수가 8단이라고 하니, 격투기 기술이 몸에 밴 것이 당연했다.

더해서 정의감도 넘친다. 남매가 정의감에 불타는 것은

비슷한 모양이었다.

도수는 고개를 끄덕였다.

그 정도라면 어지간한 사내들과 붙어도 밀리지 않을 것이다.

유정은 미안하다면서 자신이 또 쏘겠다고 하였다. 괜찮다고 했지만 걱정하지 말라고 한다.

도대체 무슨 걱정을 하지 말라는 것인지 도수는 이해하지 못했다.

어쨌든 이런 식으로 다시 유정과 자연스럽게 만날 기회는 마련되었다.

도수는 전화를 끊고 뜨거운 물로 샤워를 한 후 잠이 들었다.

거의 스무 시간을 잔 도수는 일어나서 몸을 풀었다.

꼼꼼하게 스트레칭을 하고는 근력을 강화했다.

그동안 이리저리 바쁘다 보니 운동을 하지 못했다.

기현에게 전화가 올 때까지 나태해졌던 정신을 바로 잡을 생각이다.

손가락 하나부터, 신경 세포 하나까지 다시 일깨울 것이다.

*   *   *

삼 일간의 단련은 도수의 정신을 맑게 했다.

교도소에서 막 출소했을 당시처럼 증오와 분노라는 물로만 섞였다.

육체는 강인해지고 긴장감을 배가 됐다.

아드레날린이 전신으로 퍼져 감각을 극대화시킨다. 지금이라면 날아오는 칼날을 손바닥으로 잡을 수도 있을 것 같았다.

속옷만 입고서 블라인드를 올렸다.

창문 밖으로 눈이 내리고 있었다. 창문에서 냉기가 흐르는 듯했다.

저 아래 도로에서는 눈으로 인해 차들이 거북이 운행을 하고 있었다.

밤새 상당한 양의 눈이 내렸다.

TV에서는 강원도의 폭설이 내려 큰 피해를 입었다는 소식을 진지하게 말을 하고 있었다. 10중 추돌 사고가 났다는 속보도 떴다.

그렇지만 인간이 만들어 낸 기계들의 사고를 제외하면 멋진 풍경임이 분명했다.

네온사인이 번쩍번쩍 거리는 야경보다도 멋진 듯했다. 온 세상에 온통 하얗다.

문득 설악산에 가 보고 싶어졌다.

어렸을 적, 부모님이 건강하게 살아 계실 때 아버지 차를 타고 흔들바위까지 올랐던 기억이 떠올랐다.

당시 도영이 발목을 삐는 바람에 그 이상 올라가지는 못했다.

엄살이라는 것을 안 것은 산에 내려오고 나서였다.

도영은 언제 그랬냐는 듯이 마구 뛰어다녔으니까.

그때의 설악산은 지금과 비슷했다. 사방에 하얗게 변해서 넋을 놓고 보도 기억이 난다.

지금도 설악산은 변함이 없을까, 변함이 없겠지. 인간은 변해도 자연은 변하지 않으니까.

유정이 떠올랐다.

그녀에게 설악산을 가자고 한다면 같이 갈까. 어머, 무슨 생각하는 거예요, 제가 그런 여자로 보여, 라고 말을 할까.

그녀의 성격으로 봐서는 그렇지 않을 것 같다. 굉장히 쿨 하게 언제 갈 거예요. 제가 휴가 낼게요, 라고 말을 할 듯했다.

위이이잉—

전화벨이 울렸다.

기현이었다. 도수는 전화기를 들어서 전화를 받았다.

"나다."

—형님, 어디십니까?

기현의 목소리가 다급해 보였다.

"집이다."

—그럼 일단 피하십시오.

불길한 예감이 든다.

"왜?"

—젠장, 당했습니다.

"확실하게 설명을 해라."

—압구정 애들이 움직였습니다. 먼저 저희를 쳤다고요.

어처구니없게도 놈들은 자신들이 저희한테 습격을 받았다고 합니다. 자신들에게 대의명분이 있다고요.

"놈들이 당하기 전에 먼저 선수를 쳤다고?"

―그렇습니다. 소종태가 중상을 입었다고 합니다. 하지만 놈들의 주장일 뿐 본 사람은 없습니다. 그런데…….

"그런데?"

―압구정 애들 중에 막내급에 속하는 놈 하나가 칼에 찔려 죽었습니다. 그걸 놈들은 저희 쪽에서 저지른 일이라고 주장합니다.

"혹시 모르니 네 동생들 중에서 그런 짓을 저지른 자가 있는지 알아봐. 충분히 가능성이 있는 말이야."

―다 알아봤습니다, 없습니다.

"확실해? 놈들이 민태 형님을 습격한 것을 너희 조직원들은 다 알고 있을 것 아니야. 성태와 친한 애들도 있을 테고."

―압니다. 혹시나 하는 마음에 한 명도 빼놓지 않고 모두에게 물었습니다. 죽어도 자신들은 그런 일이 없다고 합니다. 이건 말도 안 됩니다. 저희는 기회를 잡기 위해서 몸을 사리고 있었습니다.

"그럼 압구정 파 애를 죽인 놈은 누군데?"

―그걸 모르니까 환장하는 겁니다. 다른 서울의 조직들도 이 일로 인해서 저희에게 등을 돌렸습니다. 말 그대로 명분은 저쪽에 있습니다. 지금 12명이 당했습니다. 그중에 세 명은 중상입니다. 개자식들이 아킬레스건을 끊어 놨습니다.

"음."

이곳에서 심신을 재정비하는 동안 바깥에서는 급속도로 일이 진행되고 있었다.

어쩌면 기현만 너무 믿고 일을 진행시켰던 것 같다.

그렇다고 도수가 무엇을 할 수 있는 것은 아니었다.

그는 신사동 파와 전혀 상관이 없었다.

그저 민태와 기현, 죽은 성태, 이렇게 세 명하고만 약간의 친분이 있을 뿐이었다.

그가 나설 자리는 없는 것이다.

"그런데 내가 왜 피해야 하지?"

—소종태 개자식이 형님을 콕 찍어서 얘기했답니다. 놈의 양쪽 발목을 끊어 놓으라고.

장례식장에서 일을 문제 삼은 것이다.

자신을 알아보지는 못했다. 놈은 당시에 자신이 웃은 것을 보고 자존심이 상했던 모양이다.

그렇다고 양쪽 발목을 끊어 놓으라니. 예나 지금이나 사람 목숨 알기를 개처럼 생각하는 놈이다.

피식.

도수는 입술을 뒤틀었다. 소나기가 내린다면 잠시 피하면 된다.

놈들은 잡는 것은 그 이후의 일이었다.

"알았다. 너도 무리하지 마라. 내가 연락할 때까지 민태 형님 모시고 몸을 사려라."

—무슨 방도가 있습니까?

"나중에 연락하겠다. 절대 공세로 나가지 마라. 모두 만반의 준비를 하고 수비 자세로 나가라."

—형님, 말씀대로 하겠습니다. 그럼 몸조심하시고 연락주십시오.

"알았다. 조금 있다 전화하지."

전화가 끊겼다.

상황이 몹시 안 좋게 돌아가고 있다는 것을 알았다.

소종태는 자신도 신사동 파 조직원이라 판단하고 아킬레스건을 끊으라고 명령했다.

이미 이곳도 파악을 해 뒀을 것이다.

아니, 해결사가 잡힐 것을 염두에 둬 미리 소재 파악을 했을지도 모른다.

가장 의아한 것은 압구정 파의 조직원은 누가 죽였냐는 것이다.

아이러니하게도 놈이 죽으면서 소종태는 신사동 파를 칠 명분을 얻었다.

놈들의 기습 공격에 신사동 파는 반쯤 무너졌다고 할 수 있었다.

불길한 느낌이 강하게 든다.

예감은 놈들이 부하 조직원을 죽였다고 말하고 있었다.

하지만…….

아무리 극악무도한 놈들이라고 하더라도 손과 발의 역할

을 하는 같은 조직원을 죽일 수가 있을까. 만약 그렇다면 놈들은 인간이 아니다.

인간이기를 포기한 짐승들이지.

도수는 움직이기 편하게 트레이닝복을 입었다.

정장과 구두는 필요 없었다. 장례식장에 갈 것도 아니고, 예의를 차릴 것도 아니었다.

가방을 찾아봤지만 없었다.

어지간한 물건들은 기현이 다 준비했어도, 가방은 준비하지 못한 모양이었다.

그는 출소했을 당시 멨던 가방을 꺼냈다. 다시는 멜 일이 없을 것이라고 여겼건만 몇 달이 채 되지 않아 다시 신세를 지게 됐다.

가방 안에 필요한 물품을 모두 넣었다.

맥가이버 칼, 물, 두툼한 옷들 몇 벌, 그리고 현금과 통장을 챙겼다. 가방은 메자 가벼웠다. 별로 든 것이 없으니 그럴 것이다.

현관으로 나와 운동화를 신었다.

문밖을 확인했지만 아무도 없었다. 귀를 대 보았다. 아무런 소리도 들리지 않는다.

그러나 등골에서 서늘한 느낌이 들었다.

이럴 때는 느낌을 쫓아야 한다.

본능이 위험하다고 아우성을 친다.

CCTV가 달린 이곳까지 어떻게 올라왔는지 모르지만 놈

들이라면 어떤 식으로든 이곳에서 잠복하고 있을 가능성이
높았다.

그는 방으로 들어가 양복들이 걸려 있던 옷걸이를 가지고
나왔다.

도수는 옷걸이를 가지고 와서 두터운 파카를 걸쳤다. 얇
은 옷보다는 두꺼운 옷이 훨씬 시선을 뺏기가 쉬웠다.

문을 열었다.

자물쇠가 돌아가는 철컹 소리가 난다. 빠르게 옷걸이를
밖으로 내밀었다.

그 순간.

문 양쪽에서 칼이 내려찍혔다.

파카가 찢어지며 솜과 오리털이 한꺼번에 뒤섞여서 솟구
쳤다.

도수는 옷걸이를 가로로 눕히며 문 안쪽으로 강하게 당겼다.

"크흐흑."

"억."

비명 소리가 연달아 들렸다.

도수는 손아귀에 힘을 주며 옷걸이를 더욱 강하게 당겼
다. 속이 비었다고는 하지만 여자 팔뚝만 한 두께의 철로
되어 있는 옷걸이다.

옷걸이는 너무도 쉽게 안쪽으로 구부러졌다.

양쪽에 못이 박혀 있듯이 걸려 있는 사내들이 어떤 고통
을 당하고 있을지는 안 봐도 훤했다.

챙그랑.

칼이 바닥에 떨어지는 소리가 들렸다.

우득.

옷걸이가 완전히 부러졌다.

도수는 스프링을 다리에 단 것처럼 튕겨져 복도로 나갔다.

칼을 떨어트린 이상 주먹으로 자신을 쓰러트릴 수 없다는 도수의 배짱도 한몫 했다.

벽에는 두 명의 사내가 있었다.

180㎝ 이하의 보통 키였지만 체구는 좋았다.

블랙 정장에 하얀색 와이셔츠를 입었다.

이 추운 날씨에 외투는 걸치지도 않았다.

외투라고 걸치고 있었다면 훨씬 충격을 덜 받았을 텐데.

그들은 가슴을 부여잡고 심하게 기침을 했다. 옷걸이가 그들의 가슴을 압박했던 모양이다.

도수가 밖으로 튀어나오자 그들은 깜짝 놀란 표정을 지었다.

바닥에 떨어진 칼을 주우려고 했지만 움직임이 느렸다.

도수는 그들 중에 한 명의 뒤통수를 잡고 밑으로 끌어당겼다.

그는 힘으로 버티려고 해 본다.

하지만 너무도 맥없이 끌려갔다.

도수의 무릎이 놈의 안면을 강타했다. 자석처럼 끌려가며 뻑 소리가 난다.

도수의 무릎이 얼얼할 정도로 강하게 맞았다. 놈의 안면이 움푹 들어갔다.

코는 아예 사라진 것 같았다. 단 일격에 앞 이빨이 부러지며 목구멍으로 넘어갔다.

"크허헉."

놈은 엎어져서 고통스럽게 뒹굴었다.

안면에 고통도 고통이지만 목구멍으로 넘어간 이빨로 인해서 숨을 못 쉬는 듯했다.

"멍청한 새끼."

도수는 한쪽 입술 끝을 올렸다.

동료가 당하는데 넋을 놓고 쳐다보고 있었다.

그는 도수의 목소리를 듣고서야 반응했다.

하지만 그 짧은 시간이 명줄을 재촉한다는 것을 몰랐던 것 같다.

도수는 그의 머리를 잡고서 뒤로 밀었다.

사내의 뒤통수가 벽면에 쿵 하고 부딪쳤다. 벽에서 진동이 느껴질 정도로 강하게 충돌했다.

부딪치는 순간 놈의 눈동자가 뒤집혔다.

뒷머리를 잡지도 않은 채 바닥에 주르륵 미끄러졌다.

도수는 발을 들어 쓰러진 자들의 정강이를 내려찍었다.

우득!

소리가 나며 정강이가 부러졌다.

의식을 잃었던 놈들이 대번에 깨어났다.

그들은 부러진 정강이를 잡고서 비명을 질렀다.

부러진 뼈가 근육과 피부를 찢고, 정장 바지의 천도 찢었다.

자신의 뼈를 눈앞에서 본 그들은 더욱 크게 비명을 질렀다.

도수는 그들을 주머니를 뒤져서 핸드폰을 꺼낸 후 등을 돌려 비상계단을 향했다.

놈들의 숫자가 몇 명이나 되는지는 모르지만 수백 명, 수천 명은 되지 않을 것이다.

일단 저 두 놈은 일이 마무리될 때까지 움직이지 못한다.

마음은 당장이라도 움직이고 싶을지 몰라도 꽤나 오랫동안 병원 신세를 져야 할 것이다.

5층쯤 내려오자 놈들의 전화기에서 깜빡깜빡 불이 켜졌다. 진동도 아니고 무음이다.

핸드폰을 들어서 받으려고 했지만, 비밀번호가 걸려 있어 받을 수가 없었다.

도수는 눈살을 찌푸렸다.

그가 교도소에 가기 전 막 컬러 휴대폰이 생겼을 때와는 기능 자체가 완전히 달랐다.

그는 핸드폰을 바닥에 던져 발로 밟았다.

액정에서 와자작 소리가 났다. 계단을 서너 걸음은 한꺼번에 뛰어 내려온다.

2층까지 내려왔다.

"빌어먹을."

2층 비상계단에서 두 명의 압구정 파 건달들이 대기를 하고 있었다.

이런 일을 많이 겪어서 그런지 어디를 막아야 하는지 잘 알고 있는 듯했다. 엘리베이터 앞에도 대기하고 있겠지.

건달들은 담배를 펴고 있었다.

그들과 눈이 마주쳤다.

문 앞에서 두 명의 칼잡이가 있으니 순순히 잡혀서 올 것이라고 생각을 했을까.

놈들은 잠시 두 눈을 껌뻑거렸다. 그 약간의 차이가 도수에게 시간을 벌어 주었다.

그의 큰 덩치가 몸을 붕 뛰어 놈들의 사이로 치고 들어갔다.

근육으로 다져진 그의 몸에 부딪친 건달들이 덤프트럭에 부딪친 것처럼 양쪽으로 튕겨져 나갔다. 도수는 재빨리 2층 비상계단 문을 열고 밖으로 나갔다.

"씨발, 잡아!"

놈들이 칼을 빼들고 도수의 뒤를 쫓았다.

도수는 어찌 해야 할까 생각을 해 본다.

여기서 놈들을 끝장낼까, 아니면 일단 몸을 숨길까.

저놈들을 처리하다 더욱 많은 놈들이 몰려올 수가 있었다. 만약 열 놈이나 칼을 들고 설친다면? 칼 한 번 맞지 않을 수 없다고 장담할 수 없었다.

일단은 후퇴다.

저 두 놈을 끝장내는 일이야 어렵지 않지만, 시간과 놈들의 머릿수가 문제였다.

건달들이 바로 뒤까지 쫓아왔다. 도수는 창문으로 고개를 내밀어 밖을 바라봤다. 차가운 바람이 귀를 때린다. 정신이 번쩍 들었다.

현관에서 얼마 떨어져 있지 않는 곳에 검은색 고급 세단 두 대가 보였다.

진하게 선팅이 되어 있어 안에 누가 타고 있는지 알 수는 없었다.

십중팔구 건달들의 차다.

그리고 그 차는 이놈들의 것일 가능성이 매우 높았다.

도수는 창문을 열고 뒤로 물러난 후 도움닫기를 했다.

긴 다리는 1m가 넘는 창틀을 한 번에 밟았다.

그의 거구는 화려하게 비상하며 검은 세단이 있는 곳까지 날았다.

꽈지지지직!

도수의 양발이 세단의 지붕 위로 떨어졌다. 지붕이 움푹 꺼지며 창문들이 양쪽으로 깨져나갔다.

씨발, 이게 뭐야, 라는 소리가 차 안에서 들려왔다.

도수의 충격을 분산시키기 위해서 양 무릎을 옆으로 꺾으며 몸을 굴렸다.

세 바퀴 정도 굴렀지만 몸의 충격은 전혀 없었다.

그가 곧바로 고급 세단 앞으로 뛰어갔다. 운전석과 조수석 두 명의 건달이 타고 있었다. 두 놈 다 본 적은 없는 얼굴이다.

아직 그들은 도수를 발견하지 못했다.

갑작스러운 상황에 어리둥절한 모습이 우스꽝스럽다. 도수의 깨진 창문 사이로 손을 쑥 집어넣었다. 조수석에 타고 있던 놈의 멱살을 잡고 밖으로 끄집어 냈다.

놈의 얼굴과 목, 옷이 깨진 창문에 긁혀서 피가 튀었다. 놈은 아직도 어떤 상황인지 모르는 듯했다.

그는 도수에게 너, 뭐야. 씨발놈아. 뒈지고 싶어, 라고 외칠 뿐이었다.

자신을 잡으러 왔으면서 얼굴도 제대로 모르다니, 도수는 코웃음이 나는 것을 억지로 참아 냈다.

상대를 허리까지 끄집어 낸 도수는 그의 이마를 앞문에 들이받았다. 놈의 허리가 폴더처럼 접히며 쿵 하고 소리가 났다.

고통스러운지 놈은 깨진 창문 틈 사이로 배를 대고 신음 소리를 냈다.

도수의 발이 놈의 뒤통수를 다시 한 번 강하게 찼다.

조금 전과는 차원이 다른 충격이 건달에게 전달됐다.

놈의 이마에서 피의 파편이 튀며 문짝을 우그러트렸다.

와지직! 소리가 퍼지며 앞문은 움푹 들어갔다.

사내의 팔이 축 늘어진 채 바닥에 닿았다.

이마에서 흐른 피가 우그러진 문짝을 타고 흘러서 콘크리트 바닥에 떨어졌다. 놈은 더 이상 움직이지 않았다.

"저, 저 새끼."

운전석에 앉아 있던 건달이 도수를 알아본 모양이었다. 그는 급히 차문을 열고 밖으로 나왔다.

도수는 재빠르게 보닛을 타고 넘었다.

한손으로 거구를 지탱한다.

문어의 빨판처럼 손바닥으로 그의 몸을 회전시켰다.

그의 오른쪽 발등이 문밖으로 나오던 건달의 면상에 적중했다.

놈의 운이 나빴다.

발등으로 차려고 했지만 발끝에 맞았다. 그것도 놈의 눈알에…….

발끝에서 기분 나쁜 물컹거림이 느껴졌다. 퍽 소리가 나며 놈은 한쪽 눈을 움켜잡았다. 손가락 사이로 피와 누런 액체가 섞여서 흘렀다.

"으아아아악!"

놈은 양쪽 무릎을 꿇었다.

자신의 눈이 어떻게 됐는지 충격으로 알았을 것이다.

손가락 사이로 떨어지는 피와 뒤섞인 액체를 보며 온몸을 부들부들 떨었다.

도수의 그의 머리통을 축구공처럼 올려 찼다.

퍽 소리와 함께 건달의 몸이 붕 떠올랐다.

몇 바퀴나 구르고서야 멈췄다.

아직 의식을 잃지 않았는지 거친 숨을 내뱉으며 꿈틀거렸다.

도수는 2층을 힐끗 바라봤다.

칼을 들고 있던 두 놈은 이곳을 보고 있었다. 뭐라고 욕을 하는 것 같지만 듣고 싶은 마음은 없었다.

그저 멍청한 새끼들이라고 생각할 뿐이다.

보통은 두 번 생각하지 않고 1층으로 내려올 텐데 그곳에서 뭐하는 것이냐 물어보고 싶었다.

덕분에 쉽게 이곳을 빠져나갈 수 있을 것 같지만.

도수는 쓰러진 사내에게 다가가 발로 툭 쳤다. 놈의 몸이 반대편으로 뒤집혔다.

얼굴과 옷에는 내린 눈으로 인해 눈과 흙이 뒤섞여 범벅이 되어 있었다.

도수는 놈의 가슴에 발을 얹었다.

지그시 힘을 준다.

100kg이 넘는 도수의 몸무게가 얹히고 거기에 힘까지 주자 건달은 숨을 쉬지 못하겠다는 듯이 컥컥 거렸다.

한쪽 눈동자는 움푹 들어가 있었다.

피가 콸콸 넘치고 있어서 눈알이 어떤 식으로 망가졌는지 확인할 수는 없었다.

"누가 시켰나?"

"쌔애애엑, 쌔애애에엑."

놈의 입에서 거친 숨소리가 흘러나왔다.

대답하지는 않았다. 남은 한쪽 눈으로 매섭게 도수를 쳐다봤다. 증오가 섞인 눈빛이다.

웃기는군.

도수는 입술을 뒤틀어 비웃었다.

이것은 인과율이다.

시작이 있으니 결과가 있는 것이다. 놈들이 시작했고, 결과가 이것이다.

그러니 참혹한 결과에 대해서도 놈들은 마땅히 받아들여야 한다.

도수의 발이 놈의 가슴에서 떨어졌다. 숨을 쉬기가 편해졌는지 그의 숨소리가 한결 편안해졌다.

하지만 곧 그의 남은 눈동자가 경악으로 바뀌고 있었다. 도수의 발이 그의 남은 눈동자에 위에 비행선처럼 떠 있었기 때문이다.

"장님으로 살아야 할 거야."

건달은 공포로 인해서 온몸을 부들부들 떨었다.

입술이 간신히 벌어졌고 목소리가 심하게 갈라졌다.

"여, 염진혁이가 시켰습니다."

"너희 부두목?"

"그, 그렇습니다. 제발, 제발 살려 주십시오."

"염진혁이가 시켰다면 소종태가 뒤에 있다고 봐도 되겠지?"

"맞습니다. 모든 계획은 큰 형님의 머리에서 나왔습니다."

"너희 막내를 죽인 것도 소종태인가."

"그, 그건 모릅니다. 단지, 진혁 형님께서 큰 형님과 호일이가 당했다면서 신사동 파를 쳐야 한다고 했습니다."

그렇겠지.

자신들이 막내를 죽였다고 떠벌리고 다닐 수 없었을 테니까. 아직 어린 막내가 신사동 파에 당해서 죽었다고 말하면 부하들이 어떤 표정을 지었을까. 모조리 죽여 버린다며 극도의 분노를 느꼈을 것이다.

이래서 인간이란 참으로 단순하다.

다루기도 쉽고.

어쨌든 이놈들은 이용당하고 있는 셈이다.

제대로 사실을 아는 놈들은 최소 중간 보스급 이상일 것이다.

놈들을 잡아야 한다. 이런 피라미들 빼고.

도수는 발을 내렸다.

이놈은 성태의 죽음과도 상관이 없었다.

어리숙하게 이용을 당할 뿐이다. 굳이 남은 눈알까지 가져갈 필요를 느끼지 못했다.

도수는 조수석에서 기절해 있는 건달을 끄집어냈다.

2층에서 고함을 지르던 놈들을 보이지 않았다.

이제야 1층으로 내려올 생각을 한 모양이다.

도수는 운전석에 앉았다.

시동키가 없었다. 성태가 운전을 가르쳐 주지 않았다면 어떻게 시동을 거는지도 몰랐을 것이다.

버튼을 누르자 부르릉 소리가 난다.

고급 승용차라 그런지 떨림도 거의 없었다.

액셀을 밟자 차는 조용히 출발했다. 1층에서 튀어나온 두 명의 건달들이 칼을 들고 맹렬하게 뒤쫓았다.

하지만 차보다 빠른 인간은 있을 수가 없었다. 도수가 빼앗은 차는 이미 오피스텔 주차장을 빠져나갔다.

도로로 나가자 눈으로 인해서 정체 현상이 벌어지고 있었다.

백미러를 봤다. 놈들이 아직까지 쫓아왔다. 꽤나 몸이 단 듯했다.

하긴, 네 명이나 저 꼴을 만들고 그들만 멀쩡하게 돌아간다면 고개를 들 수 없을 것이다. 어쩌면 조직에서 파면이 될지도 모르고.

그들은 사력을 다해서 쫓았다.

도수는 차를 뒤로 후진시켰다.

도로 한복판에서 차를 후진시키자 뒤 차들이 깜짝 놀라 클랙슨을 울렸다.

핸들을 돌려서 우측 골목으로 들어갔다.

차들이 양쪽으로 빽빽하게 주차가 되어 있었다. 건물 반대편에 차들은 거의 모두 불법 주차 차량들이었다.

꽈직.

왼쪽의 백미러가 주차되어 있는 차량과 부딪치며 박살이 났다.

도수의 운전 실력이 아직 미숙한 탓이었다.

차가 속도를 올리지 못해서인지 어느새 놈들이 차량 바로 뒤까지 쫓아왔다. 개새끼야, 거기 서, 넌 뒈졌어, 라고 외치는 소리가 똑똑하게 들릴 정도로 가까웠다.

정말 웃기는군.

도수는 차량을 급정거시켰다. 얼음 바닥에 몇 번이나 자빠지면서 쫓아오던 놈들도 멈췄다.

도수는 후진 기어를 넣었다. 곧바로 액셀을 밟았다. 엔진이 위잉 소리를 내며 뒤로 후진했다. 건달들은 대경실색하고 말았다.

워낙 좁은 도로. 겨우 차량 한 대와 양쪽으로 한 사람 정도만 지나다닐 정도였다.

그런 곳에서 도수는 엄청난 속도로 후진한다.

그들은 등을 돌려서 뛰기 시작했다. 도로까지 약 40m, 즉 5초만 뛰면 살 수 있었다.

문제는 도수가 모는 차량의 후진 속도가 훨씬 빠르다는 것이다.

도로 끝에 다다랐다.

도수는 급브레이크를 밟았다.

차는 끼익 하고 섰지만 가속도를 이기지 못했다. 족히 10m 이상이 미끄러졌다.

바닥이 얼어 있어 차체가 양쪽으로 마구 흔들렸다.

핸들링을 조금만 잘못해도 차는 다른 방향으로 흘러가고 말 것이다.

한 명이 보도블록이 있는 곳으로 뛰어들었다. 간신히 위기를 모면한 셈이다.

그러나 다른 한 명은 그렇지 못했다.

미끄러지는 차량에 치이고 말았다. 그가 붕 떠서 도로로 튕겨졌다.

그다지 세차게 박지 않은 것 같은데 족히 10m 이상은 튕겨 나갔다. 건달은 크게 튕겨진 후 6차선 도로에 쓰러졌다.

끼이이익—

차들이 급정거하는 소리가 들렸다.

눈발로 인해 거북이 운행을 했기에 망정이지 평상시의 주행 속도라면 그는 반드시 여러 차량에 깔리고 말았을 것이다.

그는 운이 좋았다.

더 이상 건달들이 쫓아오지 않는 것을 확인한 도수는 액셀을 밟았다.

도수는 골목을 몇 번이나 돌았다. 그리고 난 후에야 도로로 나갔다. 깨진 창문 사이로 눈발이 날려서 들어왔다. 장갑을 꼈지만 손이 시렸다.

히터를 틀었다.

그러나 운전대를 잡고 있는 손을 따뜻하게 해 주지는 않았다.

그래도 없는 것보다는 나았다. 주머니에 있던 핸드폰을 꺼냈다. 단축 번호를 눌러서 기현에게 전화를 했다. 기현이 곧바로 전화를 받았다.

—네, 형님. 오피스텔에서 나오셨습니까?

"그래."

―압구정 파, 놈들이 오지 않았습니까?

"왔었다."

―아, 괜찮으십니까?

기현의 목소리에서 진심이 담긴 걱정이 느껴졌다.

"괜찮다."

―다친 곳도 없습니까?

"없어."

―개자식들, 아무런 상관이 없는 사람까지. 몇 놈이나 왔습니까.

"여섯 놈이다."

―여섯 놈이나.

"걱정하지 않아도 된다. 이제 그놈들은 당분간 움직이지 못할 테니까."

―다행이군요. 정말 악질적인 놈들입니다. 항상 몸조심하십시오.

"알았다. 너는 놈들의 얼굴을 알고 있지?"

―놈들이라 하심은?

"압구정 애들 말이다. 나한테 찾아온 놈들은 자세한 내막에 대해서 알지 못하는 것 같더군. 그래서 아는 놈들은 치려고 한다. 너는 간부급 이상의 신상 명세서를 모두 나에게 보내라."

―알겠습니다.

기현이 대답했다.

그는 아무런 것도 묻지 않았다.

도수가 나서기로 마음먹은 이상 자신이 할 수 있는 일이 거의 없다는 것을 알고 있었다.

그저 도수가 최대한 편안하게 움직일 수 있게 서포트 해주면 되는 것이다.

전화를 끊고 10분도 되지 않아 압구정 파의 간부들 명단이 메일로 들어왔다.

도수는 차를 정차시켜 놓고 메일을 확인했다.

사진과 사는 곳, 심지어 여자 관계까지 적혀 있었다.

신사동 파에서도 꽤나 치밀하게 준비를 하고 있었던 모양이다.

놈들이 먼저 선수를 치고 나오지 않았다면 입장은 뒤바뀌었을 확률이 높았다.

이제는 반격을 가할 차례다. 당하고 있을 수만은 없지 않은가.

그는 메일에 적힌 신상 명세서와 놈들의 얼굴을 기억하기 위해 뚫어지게 핸드폰을 들여다보았다.

6.

늑대의 본성

CITY OF
WILD BEAST

압구정 파의 중간 보스라고 할 수 있는 놈들은 진혁을 제외하고는 모두 세 명이었다.

그 밑으로 돌격 대장 역할을 하는 자들이 두 명 더 있지만, 그들이 무엇인가를 알고 있다고 보기는 어려웠다.

준 간부급에 속할 뿐, 병졸이나 마찬가지였다.

첫 번째 중간 보스는 이창수라는 자였다.

이쪽 세계에서 꽤나 잔뼈가 굵은 자로 소종태의 왼팔 노릇을 한다. 야비하고, 눈치가 빠르며, 소종태의 뒷구멍이라도 빨라면 빨 수 있는 자다.

두 번째 사내는 기득춘이라는 자로 올해 35살이다.

칼이 아닌 두 주먹으로 그 자리까지 올라왔다. 신사동 파의 보스인 민태와 힘으로 겨뤄도 지지 않는다고 떠벌리고 다니는 자였다.

그만큼 힘과 주먹에는 자신이 있는 장사였다.

마지막 사내는 노현수였다.

겨우 29세밖에 되지 않았다. 칼과 주먹을 다 잘 쓰고 머리 회전도 빨랐다.

혼자서 신사동 파 중간 보스 두 명의 아킬레스건을 자른 놈이기도 했다.

가장 위험한 인물이다.

젊기 때문에 어떤 무모한 짓도 서슴지 않고 한다.

도수는 이들을 차례차례 쳐 내려고 한다.

종태라는 놈이 모든 것을 자신의 손에 넣었다고 생각했을 때 절망을 맛보게 해 줄 생각이다.

아무도 도와주는 사람이 없고, 누구도 자신을 봐 주지 않을 때 느낄 처절한 감정을 고스란히 돌려줄 것이다.

그렇게 하기 위해서는 전제 조건이 필요했다.

민태가 당하지 않을 것. 그만 당하지 않는다면 신사동 파는 끝이 난 것은 아니었다.

그의 이름만으로도 밑에서 보일 건달들이 얼마든지 있었다.

기현이 잘할 것이라 여긴다.

자신보다 기현의 머리가 좋다고 생각하는 도수였다.

그라면 민태를 안전한 곳에 미리 피신을 시키든지, 놈들의 습격에 대비해서 함정을 파놓고 있을 것이다.

기현은 그런 놈이다.

교도소에서 놈이 덤빌 때마다 무작정 쳐들어온 것이 아니었다.

지형을 이용하고, 무기를 이용하고, 머리를 이용했다.

이제껏 부딪쳤던 상대들 중에서 가장 껄끄러웠다고 할 수 있었다.

도수는 빼앗은 차량을 골목 으슥한 길에 버렸다. 어차피 놈들도 이 차량을 찾고 있을 것이다.

더군다나 그가 타고 있는 차량은 너무 눈에 띠었다. 문짝은 우그러지고, 앞 창문은 모조리 깨졌다. 덕분에 운전자가 누군지 확실하게 알 수가 있었다.

먼저 이창수를 잡기로 했다.

놈이라면 소종태의 머릿속을 알고 있을지도 몰랐다.

어쩌면 그의 인간 관계도 알 수 있을지도 모른다.

자신에게 좌절을 안겨 준 또 다른 개자식이 어디에서 어떻게 살아가는지 궁금했다.

아마 같은 바닥에 있을 것이다.

그러나 놈의 이름도 모르고 10년이나 지난 지금 외모도 많이 바뀌었을 것으로 예상한다.

직접 놈에게 묻지 않는 한 놈을 찾기란 쉽지가 않았다.

소종태의 입을 통해서 놈을 찾을 생각이다. 그리고 형태, 이 개자식과는 아직도 끈이 닿았는지도…….

도수는 50cc 작은 스쿠터를 사서 분당으로 향했다.

그 정도 작은 스쿠터는 면허증을 요하지 않기에 어렵지 않게 살 수가 있었다.

단지 도수의 큰 덩치에 비해서 스쿠터가 너무 작을 뿐이었다.

지나다니는 사람들이 희한한 눈으로 그를 바라봤다.

이 추운 날, 눈이 질퍽질퍽한 도로에서 스쿠터를 탄, 덩치 큰 정신 나간 사람을 보는 듯했다.

도수는 괜히 스쿠터를 샀나 후회가 됐다.

귀가 떨어져 나가는 것처럼 추웠다. 손가락도 마찬가지였다. 스쿠터의 액셀을 잡아당기면서 어금니가 덜덜 떨렸다.

분당역 근처 정거장에서 스쿠터를 세운 도수는 머릿속에 심어 놓은 주소를 찾았다.

그가 있는 곳에서 멀지 않은 곳이다.

보도블록 위에 눈은 미끄러웠다. 많은 사람들이 밟고 다녀 그곳만 얼음처럼 미끈미끈했다.

도수는 넘어지지 않기 위해 균형을 잡으면서 아파트 단지로 들어섰다.

그곳은 창수의 정부가 살고 있는 곳이었다.

정부의 나이를 보고 도수는 실소를 지었다.

겨우 21살, 대학교 2학년생이었다. 그것도 명문 음대에 다닌다.

이창수의 나이는 41세. 둘이서 자그마치 스무 살이나 차이가 났다.

정부의 집도 가난하지 않는 것 보이는데, 왜 그런 짓을 하는지 도수로서는 이해가 되지 않았다.

도수는 정부가 살고 있는 층수를 확인했다. 15층, 최상층이다.

불은 켜져 있었다. 창수가 있는지 없는지는 확인할 길이 없었다.

도수는 후드를 깊게 눌러쓰고 얼굴이 보이지 않게 한 다음, 지상부터 지하 주차장까지 건달들이 좋아할 만한 차량이 있는지 확인했다.

아파트 주민들의 대다수가 부유층인지 다섯 대 중에 한 대는 고급 외제차였다.

놈들이 좋아하는 차량은 그랜저급의 차량 혹은 벤츠, BMW. 그런 차량들이 너무 많아서 어떤 차가 창수의 것인지 알 수가 없었다.

검게 선팅이 되어 있는 차량을 찾았다. 대부분이 약하게 선팅을 했지만, 딱 한 대만이 전혀 안을 볼 수 없을 정도로 시커멓다.

그 차량은 지하 1층에 있었다. 보통 앞 창문에 전화번호를 두지만 그 차량은 그것도 없었다. 놈일 가능성이 높다는 생각이 들었다.

도수는 밖으로 나왔다. CCTV에 찍혔겠지만 얼굴은 나오지 않았다.

의심을 받을 만한 행동도 하지 않았다. 그는 차량 소통이 적은 2차선 도로를 건너 버스 정류장 앞에 섰다. 마을버스 정류장이었다.

그가 있는 장소에서 정부의 창문이 정확하게 보인다.

놈의 모습을 확인할 수는 없지만 불이 켜지고, 꺼지는 정도는 확인할 수가 있었다.

눈이 내리는 날은 춥지 않다. 보통 눈이 내리고 난 다음 날에 맹추위가 온다.

그렇지만 몇 시간이나 밖에 서 있으면 손과 발이 꽁꽁 얼기 마련이었다.

더군다나 날이 어두워지고 있었다.

기온이 급강하하며 온몸을 뻣뻣하게 만들었다.

버스 정류장에 있던 플라스틱 간판이 바람을 막아 주고는 있지만 너무도 추워 그대로 있기에는 무리가 있었다.

도수는 근처 편의점을 찾았다. 문을 여니 방울 소리가 딸랑거렸다.

편의점 유니폼을 입은 어린 여학생이 어서 오세요, 라고 말했다. 안은 밖과 다르게 훈훈했다. 열로 인해서 얼굴이 금방 붉어졌다.

피부가 팽팽하게 당겨지는 느낌이었다.

그는 담배 한 갑과 사발면을 샀다.

사발면에 뜨거운 국물을 붓고 아파트가 잘 보이는 곳에 앉았다.

뜨거운 국물이 속으로 들어가자 이제 살겠다, 라는 기분이 들었다.

얼음처럼 굳었던 근육과 뼈들이 잠시나마 안도의 한숨을 내쉬었다.

사발면을 쓰레기통을 버리고 문을 열고 나오자 여학생은 안녕히 가세요, 라고 말했다.

목소리가 맑고 기운 찬 것이 어쩐지 유정을 연상시켰다.

유정과 전혀 닮지 않았다. 목소리만 닮았을 뿐이었다.

다시 버스 정류장으로 돌아왔다. 금방 차가운 기운이 옷 속으로 스며들었다. 그나마 손과 발이 녹아서 아까보다는 훨씬 나았다.

시간을 봤다.

겨우 여덟시.

놈은 움직이지 않았다.

몇몇 사람들이 오고 가며 버스를 탔다. 한 명도 도수에게 시선을 주는 사람은 없었다.

그가 의심스럽다고 여기는 사람도 없었다.

편의점은 가지 않았다. 아르바이트생이 바뀌지 않는 한 가지 않을 생각이다.

버스가 끊겼다.

오가는 행인도 점점 줄어 지금은 거의 다니지 않았다.

시간은 새벽 2시를 가리키고 있었다.

도수는 장갑을 낀 손가락을 움직여 보았다. 너무 오래 움직이지 않아서 뻣뻣했다.

놈이 그 집에 있는 것일까, 라는 의문도 들었다. 다른 차량일 수도 있었고, 아내가 있는 집에 있을지도 몰랐다. 비상 사태니 업소에 있을 가능성도 높았다. 그렇다고 업소를 찾아다닐 수는 없었다.

창수는 일주일에 서너 번은 정부를 찾는다고 하였다.

어리고, 귀엽고, 몸매 좋고, 싹싹하니 정부에게 푹 빠져 있을 것이다.

그가 이곳에 없다면 내일 기다리면 된다.

그렇게 되면 신사동 파의 피해가 더욱 커질 테지만, 어쩔 수는 없는 노릇이었다.

도수의 눈이 떠졌다.

누군가 아파트 현관의 문을 열고 나오고 있었다. 정장을 입고 코트를 입은 덩치 큰 두 명의 사내였다.

고개를 들어서 최상층을 바라봤다.

불은 그대로 켜져 있었다.

멀리서 보기에는 창수의 인상착의와 비슷했다.

확실치는 않다. 가까이 오거나 가로등이 있는 곳까지 나와야 확신을 할 수 있을 듯했다.

그들은 조금 더 앞으로 걸어 나왔다.

가로등이 그들의 인상착의를 비췄다.

다른 사람은 몰라도 중간에 있는 사내는 창수가 확실했다.

그들은 담배를 피웠다. 잠시 그 자세로 서 있었다. 뭔가를 기다리고 있는 눈치였다.

2분도 되지 않아 지하 1층에 봤던 검은색 벤츠가 그의 앞에 와서 섰다.

창수가 뒷좌석에 타고, 담뱃불을 붙였던 사내가 조수석에 앉았다.

벤츠가 출발했다.

도수도 그들의 뒤를 쫓았다. 보통 때라면 도저히 쫓을 수가 없었을 테지만, 눈으로 인해서 놈들이 탄 차는 거북이처럼 천천히 움직였다.

그러나 넓은 도로로 나가게 되면 놓치고 말 것이다.

차라리 놈들이 나오자마자 잡을 것을 후회했다.

이번에 놓치면 내일 혹은 모레까지 이곳에서 죽치고 있어야 할지 몰랐다.

벤츠는 멀리 가지 않았다.

아파트에서 약 5분 거리에 사우나로 들어갔다.

천만다행이었다. 놈들은 사우나를 한 후 업소로 복귀할 생각인 모양이었다.

벤츠가 지하 주차장으로 들어가는 것을 보고 도수는 1층 전봇대 근처에 스쿠터를 세웠다. 그의 얼굴이 보기 안쓰러울 정도로 시퍼렇다.

사우나 겸 스파는 건물 3층과 4층이었다.

매표소는 3층이다.

도수는 10분 정도를 근처에서 기다렸다. 약간의 시간이 필요했다.

도주로를 확보해야 하고 사우나 내부의 모습도 확인할 필요가 있었다.

10분이 지난 후 비상계단으로 3층까지 올라갔다.

비상계단 문은 복도 끝에 있어서 아무도 신경을 쓰지 않았다.

도수는 후드를 눌러쓰고 사우나 안으로 들어갔다.

사우나 대기실에서 두 명의 건달들이 앉아서 담배를 펴고 있었다.

창수는 그들과 같이 사우나를 하지 않는 모양이었다.

늦은 시각이라 그런지 사람들은 거의 없었다.

있다고 하더라도 술에 취한 사람들이 많았다.

몇몇은 탕 안 바닥에서 자기도 했다. 도수는 옷을 벗고 주위를 살폈다.

식당은 문을 닫았고 스낵 코너만이 덩그러니 남아 있었다. 스낵 코너 안에는 반백의 중년 남성이 만화책을 펴고 꾸벅꾸벅 졸았다.

창수는 보이지 않았다.

남자들이 자는 휴게실이 따로 있기는 했지만, 그가 그곳에서 잘 것이라고는 생각하지 않는다.

도수는 남자 목욕탕 안으로 들어갔다.

남자 목욕탕 안에는 바닥에서 자기 집 안방처럼 자고 있는 중년 사내 외에는 없었다.

사우나로 향했다.

창문으로 두 개의 사우나를 살펴봤다.

건식 사우나 안에 창수가 앉아 있었다. 머리에 수건을 덮고 있지만 그인지 한눈에 알아볼 수가 있다.

건식 사우나는 82도를 가리켰다.

도수는 건식 사우나를 열고 안으로 들어갔다. 숨이 턱턱 막힐 정도로 뜨거운 공기가 폐부로 들어왔다.

창수의 몸에서는 구슬땀이 뚝뚝 흘러내렸다. 누군가 들어온 것을 알아차린 그가 고개를 들었다.

서로의 눈이 마주쳤다.

창수는 뭔가 심상치 않은 낌새를 눈치챘다. 그는 급히 자리에서 일어났다.

도수가 그의 어깨를 잡았다.

창수는 꼼짝도 할 수가 없었다.

어마어마한 압력이 자신의 어깨를 짓누른다.

숨이 거칠어졌다. 폐부를 찌르는 뜨거운 공기가 연신 입 안으로 들어왔다.

"씨, 씨발, 너 뭐야. 내가 누군지 알고 이러는 거야!"

창수의 눈이 부릅떠졌다.

아무 일도 없을 줄 알고 혼자서 사우나에 들어온 것을 후회했다.

부하들은 사우나 밖에 있는 휴게실이 있었다.

이곳에서 부른다고 하더라도 그들에게 들릴 리가 없었다.

도수는 창수의 쇄골을 잡고 힘을 주었다.

쇄골에서 우드득 소리가 난다.

몸의 뼈에서 가장 고통스러운 곳을 치자면 단연 쇄골이다. 쇄골이 부러지면 허리가 부러진 것처럼 고통스럽고 몸을 움직일 수도 없었다.

"으아아아아악!"

창수의 입에서 비명이 터졌다.

그는 이를 악물며 도수의 가랑이 사이로 발을 차 올렸다.

도수가 재빠르게 무릎을 들어 그의 발차기를 막았다.

양쪽 쇄골을 잡힌 그에게 반격할 무기는 아무것도 없었다.

도수는 쇄골을 잡고 무지막지한 힘으로 기중기처럼 눌렀다.

엄청난 압력이 쏟아지자 창수는 비명도 지르지 못했다. 입을 벌리고 동공이 크게 확장이 된다.

그는 긴 나무 의자에 앉아 있다가 바닥까지 엉덩이를 찧었다.

"씨발놈, 너 뭐야……."

"얼굴도 모르나? 나의 아킬레스건을 잘라 오라고 했다면서."

도수가 서늘하게 웃으며 말했다.

"뭐? 아, 이런 씨발. 니가 도수구나. 빌어먹을 멍청한 새끼들, 큰 형님이 너부터 끝내라고 했는데……."

"그래?"

"큭큭큭, 역시 큰 형님은 보는 눈이 있어. 여섯이나 보냈는데 모두 당했단 말이야? 아니지, 몰래 빠져나온 건가. 칼잡이 여섯을 당할 사람은 우리나라에 없으니까."

"왜 그렇게 생각하지?"

"당연하잖아. 고등학생 세 명만 앞뒤로 막아도 건달들저치 당하지 못해. 건달들은 깡과 칼이 있기 때문에 무서운거야. 시라소니? 김두환? 엿 먹으라고 그래. 그런 인간들이어디 있어. 모두 지어낸 허구일 뿐이야."

창수는 분노한 눈빛으로 도수를 쏘아보며 마구 내뱉었다.

생각보다 말이 많은 사내 같았다.

어차피 그의 말은 들을 가치가 없었다. 알고 싶은 것은소종태가 막내를 죽였느냐, 아니냐 하는 것이다.

도수는 손아귀에 힘을 주었다.

뚜둑, 소리가 나며 창수의 한쪽 쇄골이 부러졌다.

"으아아아아악! 씨발, 애새끼들은 뭐하고 있는 거야. 왜안 와! 무슨 사우나가 이래, 왜 아무도 안 와!"

창수는 고래고래 소리를 질렀다. 그러나 꽉 막힌 그곳에서 그의 목소리는 탕 밖에까지 들리지 않았다.

"알았어, 알았어. 뭘 알고 싶어? 나한테 그냥 복수하러온 거는 아닐 거 아니야."

도수가 나머지 쇄골을 부러트리려 하자 창수는 기겁을 해서 떠들었다.

그때였다.

문이 벌컥 열리며 칼을 든 사내가 기합 소리를 내지르며들어왔다. 그는 칼을 거꾸로 들고 도수의 등을 향해서 내려찍었다.

도수는 창수의 쇄골에서 손을 떼고 급히 몸을 옆으로 날렸다. 바로 코앞에서 아슬아슬하게 칼날이 지나쳤다.

"이 씨발놈들, 빨리 안 오고 뭐했어!"

창수가 정장을 입은 두 명의 부하들을 향해서 소리쳤다.

"죄, 죄송합니다."

그들은 칼을 쥔 채 땀을 뻘뻘 흘리며 고개를 숙였다. 그러고는 창수의 겨드랑이에 손을 넣어 조심스럽게 일으켰다.

"악! 씨발, 아파! 천천히 해!"

창수가 버럭 거렸다.

그럴 때마다 건달들을 찔끔거리며 몸을 움츠렸다.

80도가 넘는 사우나 안이기에 정장과 외투를 입고 있는 그들의 이마에서 상당한 양의 땀이 줄줄 흘러내렸다.

몸을 일으킨 창수는 도수를 보며 입술을 비틀었다.

"씨발놈, 여기 올 때가 아닐 텐데. 네놈의 작은 보스인 기현이의 목이 따이고 있을 시간이야. 그놈을 지켰어야지 어딜 찾아오고 지랄이야, 지랄은."

"무슨 소리냐."

머리를 크게 맞은 느낌이 들었다.

이제까지 놈들이 노리는 사람은 민태 형님인 줄 알았다. 기현일 거라고는 생각도 못했다.

그런데 왜? 조직의 보스를 노리지 않고 기현을 노린다는 말인가.

"머리는 장식품이냐? 어차피 너희 조직의 브레인은 기현이라는 것을 삼척동자도 알아. 그놈만 없으면 힘만 센 민태는 허수아비란 말씀이다. 말이 나와서 그렇지 기현이 없었으면 촌구석에 처박혀 있던 민태가 강남까지 진출을 했을까? 어림도 없는 소리지. 큭큭큭. 어쨌든 다시 만지 못하게 될 거야. 이 뜨거운 곳이 네놈의 무덤이 될 테니까."

도수는 말없이 창수와 건달들을 응시했다.

참으로 말이 많은 놈이다. 덕분에 놈들이 원하던 것을 알게 되었다.

기현…….

그를 구해야 한다.

"야, 이 새끼 처리하고 나와."

창수가 얼굴을 찡그리며 자신의 쇄골을 잡고 말했다.

두 건달은 칼을 똑바로 들고 도수의 배를 향해 찔러 왔다.

창수는 도수를 보지도 않고 문밖으로 나갔다. 아니, 나가려고 했다.

그가 문을 연 순간 건달 중에 한 명이 크게 튕겨지며 사우나 나무 벽에 부딪쳤다.

창수는 얼굴을 돌렸다. 상황을 인식한 그의 얼굴이 점점 굳어졌다.

"이, 이건 말도 안 돼."

그 짧은 시간 동안 그는 믿기지 못할 장면을 목격했다.

인간의 팔과 다리가 그렇게 쉽게 부러진다는 것을 처음으로 알았다.

도수의 거구가 움직일 때마다 건달들의 팔과 다리가 뚝뚝 부러졌다.

팔목과 허벅지 뼈가 부러지며 살갗을 뚫고, 천을 뚫고 나왔다.

엄청난 양의 피가 솟구쳐서 천장을 적셨다.

건달들은 바닥에 뒹굴며 비명을 질렀다. 그들의 칼은 도수에게 생채기 하나 입히지 못했다.

창수의 부하들이 쓰러지는 것은 찰나의 순간이었다.

그 짧은 순간 동안 부하들은 바닥에 쓰러져서 일어나지 못했다.

춥지도 않은데 팔과 다리가 덜덜 떨려 왔다.

그는 떨어진 부하들의 칼을 쥐었다. 도수는 그의 발목을 밟아서 손바닥을 펴게 만들었다.

"너희 조직 막내는 누가 죽였나."

"뭐?"

"너희 조직 막내는 누가 죽였냐고."

"소, 소종태가 시켜서……. 어쩔 수가 없었어. 우리 같은 것들이 다 그렇잖아, 위에서 까라면 까야지. 너도 마찬가지 잖아, 위에서 시켜서 나를 치러 온 것 아니냐고."

도수는 물끄러미 창수를 내려다보았다.

"그 애가 몇 살인 줄 아나?"

"내가 어떻게 알아, 그런 말단을. 이봐, 여기서 그만하

자. 너희 조직은 어차피 망해. 그래, 내가 보스에게 말을 잘
해 줄게. 내 바로 밑으로 들어오게끔. 그쪽에서 네가 받는
대우가 뭐야. 두 배는 쳐 줄게, 그만하자고."

"듣기론 아직 미성년자라고 하더군."

"그러니까 내가 그것까지 어떻게 아냐고."

"미성년자라고 하더라도 죽을죄를 지었으면 죽어야지. 네
놈도 마찬가지고."

"이봐, 이봐. 말로 하자고."

창수는 쉴 새 없이 떠들었다. 도수는 더 이상 그와 말을
섞기 싫었다.

짜증이 나서 목의 목뼈를 통째로 뽑아 버리고 싶은 강한
충동을 느꼈다.

그는 창수의 머리채를 잡고 밖으로 끌어냈다.

쇄골이 부러진 그는 제대로 반항도 하지 못하고 질질 끌
려왔다.

머리채가 너무 강하게 붙잡혀서인지 목소리에서 제대로
소리를 지르지 못했다.

언뜻언뜻 개새끼, 죽었어, 라는 말만 들릴 뿐이었다.

탕 밖으로 나왔지만 사람은 없었다. 안쪽 깊숙한 곳에서
여러 남자들의 거친 코골이만 들렸다.

도수는 창수의 목과 사타구니를 잡고 머리 위로 들어 올
렸다.

족히 100kg을 육박하는 그가 손쉽게 들어 올려졌다.

"뭐, 뭐하는 짓이야. 말로 하자고, 말로."

도수는 창밖을 바라봤다.

두터운 유리 밖으로 보이는 야경은 서울 도심지처럼 멋지지 않았다. 대부분이 아파트 단지인 곳이기에 차들의 소통도 적었다.

도수는 창문을 향해서 창수를 던졌다.

쿠우웅—

창문이 두꺼워서인지 놈은 유리를 깨고 밖으로 튕겨 나가지 않았다.

창수는 꽤나 놀랐나 보다.

놈은 입을 뻐끔뻐끔 거리며 말을 내뱉지 못했다. 엄지손가락보다 작아진 그곳에서 노란 소변이 흘러나왔다.

도수는 다시 그의 머리채를 잡고 사타구니를 쥐었다. 소변이 손에 묻지만 개의치 않았다.

다시 머리 위로 들어 올려 창문을 향해서 내던졌다. 창수가 슬로운 모션의 한 장면처럼 팔과 다리를 허우적거렸다. 두 눈동자에서는 공포가 가득하다.

도수에 대한 원망도 엿보였다. 왜 자신을 죽이냐고, 네가 나와 무슨 상관이 있냐고, 외치는 듯했다.

쿵!

창수의 등이 창문에 부딪쳤다. 이번에는 아까와 달랐다. 우지지직 거리며 금이 쩍쩍 간다. 동시에 놈과 함께 파편을 휘날리며 창밖으로 떨어졌다.

떨어지는 눈발처럼 유리 파편이 반짝거렸다.

"으아아아아아악!"

놈의 비명이 메아리쳤다.

몇 초나 지났을까. 쿵 소리는 도수가 있는 곳까지 들렸다. 사람들의 비명 소리도 들리는 듯했다.

도수는 등을 돌렸다. 놈이 죽었는지, 살았는지는 확인하지 않았다.

죽었다면 그것은 너무 많은 악행을 저질렀기에 반대급부였다. 살았다면 아직 염라대왕께서 아직 부른 것이 아니고.

뭔가가 가슴속에 단단하게 굳어져 있던 응어리가 씻겨 나가는 기분이었다.

머릿속이 또렷해지고 온몸의 신경세포가 되살아난다.

팽배해진 근육들이 더욱 힘을 쓰기 위해 아우성 거린다.

설사 놈이 죽었다고 하더라도 죄책감 따위는 전혀 들지 않을 것이다.

도수는 옷을 입고 밖으로 나갔다.

창문이 깨진 것을 안 스낵 직원이 그의 옆을 스치며 급하게 달려갔다.

사상자가 생겼으면 그도 책임을 회피할 수가 없었다.

곧 사실을 알게 되면 그의 직원의 얼굴은 사색으로 변할 것이다.

밖에는 난리가 나 있었다.

창수가 벌거벗은 채 온몸이 기형적으로 뒤틀려 있었다.

살아 있는지 입에서 거친 숨소리가 흘러나왔다. 유리창 밖으로 떨어지면서 가로수에 한 번 부딪쳐 충격을 줄었다.

수북하게 쌓여 있는 눈도 그가 살아나는 데 결정적인 역할을 했다.

하나, 놈은 허리가 부러진 듯하다. 팔과 다리 역시 부러졌다.

살아난다고 하더라도 평생 휠체어에서 일어나지 못할 확률이 높았다.

"살아난 것이 과연 운이 좋을 것일까."

바닥에는 피가 흥건하다.

피는 바닥과 떨어지는 눈을 적셨다. 이제 놈에게는 관심이 없다.

술에 취한 몇몇 취객들이 다가가지 못하고 멀리서 119에 신고를 했다.

그들을 힐끗 쳐다본 도수는 기현에게 전화를 걸었다.

받지 않는다.

다시 한 번 걸었다.

역시 연결음으로 넘어갔다.

설마 당한 것은 아니겠지, 라를 불길한 생각이 등줄기를 스쳤다.

아니야.

도수는 고개를 흔들었다. 마음이 급해졌다.

지금 스쿠터를 타고 갈 때가 아니었다.

그는 지나치는 택시를 잡았다. 몇 번이나 손을 흔들었지만 손님을 태우고 있는지 그냥 지나쳤다. 입안의 침이 바짝바짝 마른다.

몇 대의 보내고서야 택시를 잡을 수가 있었다. 때를 맞춰 119가 도착했다.

응급 요원들이 뒷문을 열고 급히 내리는 것이 보였다. 곧, 경찰도 도착할 것이다.

건식 사우나에서 엎어져 있는 건달들이 떠올랐다. 그가 자신에 대해서 나불나불 불 것이라고는 생각하지 않는다.

인상착의 정도는 얘기하겠지만 모른다고 시치미를 뗄 것이 분명했다.

사실 그들이 자신에 대해서 모르기도 하고.

놈들이 자세하게 말을 한다면 무슨 일이 벌어지고 있는지 경찰이 눈치챈다.

공권력이 투입하게 되면 아무리 압구정 파가 잘 나가는 조직이라고 하더라도 움츠러들 수밖에 없었다.

어쩌면 자멸을 할지도 모른다.

이곳은 이탈리아나 미국, 일본이 아니다.

공권력에 찍히고 살아남을 수 있는 조직은 대한민국 어디에도 없었다.

"어디로 모실까요, 손님."

인상 좋게 생긴 택시 운전사가 물었다.

"청담동으로, 최대한 빨리 부탁합니다."

7.
야자

CITY OF
WILD BEAST

기현은 청담동에 있는 마야 클럽에 나와 있었다.

다른 곳은 모두 문을 닫아도 이곳만은 그럴 수가 없었다.

조직에서 관할하는 자금에 20퍼센트가 이곳에서 나온다.

하루에도 매상이 억을 부르는 곳이 이곳이었다.

이곳만큼은 하늘이 무너져도 문을 닫지 못했다.

마야 클럽은 유럽식 클럽과 비슷하게 설계했다. 1층부터 2층까지 크게 터서 고급 테이블을 얹었다. 룸은 3층에 있다. 모두 12개로 대부분이 재벌 2~3세들이나 연예인들이 사용했다.

각층의 중앙으로 거대한 스테이지가 있었다.

천장에서 사이키 조명이 눈부시게 돌아간다. 스테이지 끝에는 영화관만큼이나 큰 무대가 있었다. 세 명의 DJ가 번 갈아 가면서 흥을 돋우었다.

밤 11시부터 새벽 2시까지 피크 타임.

한창 주가를 올리고 있는 연예인들이 나와서 노래와 춤을 췄다. 그들을 보자마자 사람들은 열광한다.

한 겨울임에도 에어컨을 빵빵하게 틀어 놓지만 그 열기를 당할 수는 없었다.

단연코, 이곳이 서울의 중심이라 기현은 생각했다.

홍대도, 압구정, 이태원도 아니다. 바로 이곳이다.

기현은 3층 사무실에서 나와 난간에 양쪽 손바닥을 기대고 몸을 지탱했다.

그는 1층 홀을 바라보고 있었다. 단 하루도 빼놓지 않고 항상 사람들로 가득 찼다.

오늘처럼 눈이 오는 날도, 폭우가 내리는 날도, 천재지변이 일어나 대한민국이 들썩이는 날도, 북한이 내지에 포를 쏘며 도발할 때조차 마야 클럽은 번성한다.

어떤 곳에서도 볼 수 없는 고급 승용차와 스포츠카가 이곳에는 즐비하다.

기현조차 들어 본 적도, 본 적도 없을 정도였다.

고객들도 마찬가지였다.

어디선가 한 번쯤을 들어 봤던 인물들. 어중간한 대학생들이 종종 이곳에 오기는 하지만, 호화로운 분위기와 압도적인 미모를 가진 남녀들을 보고서는 기가 죽어 제 발로 나간다.

가격이 비싸냐고?

천만에.

양주에 다른 곳보다 두 배 정도 비싸지만, 외국 맥주들은 단돈 만 원에 판매한다.

만 원만 내고 죽치고 있는 가난뱅이 여자들도 허다하다.

어떡하면 괜찮은 남자를 꼬셔 볼까, 라고 생각하고 있는 정신 나간 여자들.

머리에 든 것 없고, 얼굴은 반반하고, 몸매는 모델이고, 돈은 없고, 연예인에는 못 미치는 그녀들이 이곳에는 널리고 널렸다.

그녀들 99퍼센트는 하룻밤 섹스 파트너로 끝나고 만다.

그렇지만 아주 종종 좋은 남자를 만나서 꿈을 이루기도 한다.

그 사실이 끝없이 부풀려져 여자들 귀에 전해졌다. 전설로 남는 것이다.

그렇지만 그런 경우는 로또보다 낮은 확률이다.

딱 하나 확실한 것은 있다.

이곳 마야 클럽은 인간들이 가질 수 있는 모든 욕망이 숨 쉬고 있다는 것이다.

그렇기에 사람들은 욕망이라는 괴물에 이끌려 이곳을 찾는다. 자신들이 어떤 지경에 이르는지도 모르고.

도수보다도 클 것 같은 엄청난 거구의 사내가 절룩거리면서 기현에게 다가왔다.

덩치는 크지만 근육은 아니었다. 물살이라고 해야 할까, 그가 움직일 때마다 뱃살이 출렁출렁 거렸다.

그가 전직 프로 씨름 선수인 이기동이었다.

머리는 짧았고, 눈은 작았다. 웃을 때 눈 모양이 반달로 변했다.

전체적으로 굉장히 귀여운 상이었다. 웃는 모양세가 그래서 그런지 너구리를 연상시켰다.

성격 또한 둥글둥글하다. 잘 웃고, 동료들과 잘 어울리며, 호탕했다.

잔머리를 굴리지 모르고, 있는 그대로 보고 느낀다. 그렇기에 그를 좋아하는 사람이 많았다.

그는 다리를 다친 지 이틀 만에 퇴원했다.

의사가 절대 안 된다며, 최소 보름은 안정을 취해야 한다고 했지만, 이기동은 듣지 않았다.

무작정 퇴원을 해서 기현에게 온 것이다.

아킬레스건이 끊어져 다시는 제대로 걸을 수 없는 동료들이 있는 상황에서 느긋하게 누워있을 수만은 없다고 생각한 모양이었다.

기현은 그런 기동이 기특하면서도 안쓰러웠다.

그의 바로 위 선배인 성태가 죽고 나서 꽤나 침울해 있었다.

성격이 비슷해서 그런지 둘은 죽이 잘 맞았다. 지환과 셋이 어울려 낚시도 자주 다녔던 것으로 기억한다.

"사무실에 있지 왜 나왔어?"

기현이 기동을 보며 말했다.

"답답해서요. 애새끼들, 어찌나 담배를 피워 대는지 폐병 걸려 죽겠네요."

이기동은 담배를 피우지 않았다.

조직 생활을 하는 사람들 중에서 담배를 펴지 않는 사람은 손에 꼽을 것이다. 하지만 그는 어떤 상황에서도 담배를 펴지 않았다.

선수 생활을 하면서 몸에 베인 습관 때문인 듯했다.

"수태는?"

"아무 일 없답니다."

기현은 수태에게 다섯 명의 애들을 붙여서 민태를 보호하게 했다.

민태는 가족들과 함께 강원도 별장으로 피신을 보낸 상태였다.

움직일 수 있는 상황은 아니지만, 지금은 어쩔 수가 없었다. 주치의를 붙여서 며칠간만이라도 숨을 죽이고 숨어 있어야 했다.

CCTV가 18대나 달려 있고, 모든 담벼락과 정문에는 전기가 흐른다.

사람을 죽일 정도는 아니지만 단번에 알아차릴 수는 있었다.

더해서 조직 최고의 싸움꾼들만 구성하여 민태를 보호하

게 했다.

민태는 혼자서도 너끈하다고 고집을 피웠다.

물론 아니 될 말이다.

민태에 배는 여섯 번이나 칼에 찔렸다. 살아 있는 것이 기적이다.

최소 3개월 이상은 요양을 해야지 제대로 된 거동을 할 수가 있었다.

그가 죽으면 신사동 파는 와르르 무너진다.

개 같은 압구정 파, 놈들에게 피 같은 이 자리를 넘겨줄 수가 없었다.

"너도 좀 쉬지, 그래. 오늘은 아무 일도 없을 것 같은데."

기현이 기동을 보며 말했다.

새벽 2시를 넘어서 3시를 향해 가고 있었다.

클럽은 피크 점을 찍고 서서히 내리막길을 향해 갔다. 압구정 놈들이 쳐들어온다면 그전에 왔을 것이다. 그래야 영업에 큰 지장을 줄 수 있으니까.

다행히도 오늘은 놈들의 습격이 없었다.

기현은 도수의 말대로 방어에 치중했다.

방어가 곤고해지자 놈들이 아무리 두드려도 소용이 없었다.

아차 하면 경찰에 신고를 해서 놈들을 물러가게 만들었다.

그래서인지 어제까지만 하더라도 쉴 새 없이 몰아치던 놈들의 습격이 오늘은 거짓말처럼 딱 멈췄다.

"헤헤, 제가 애들 중에서 가장 튼튼하지 않습니꺼. 걱정하지 마십시오, 행님."

기현은 풋 하고 웃었다.

저 큰 덩치에 혀를 쭉 내밀고 애교 섞인 말을 한다. 더군다나 서울말과 각종 사투리를 섞어서 정체불명의 말투를 사용했다.

꽤나 귀여웠다.

기현은 도수를 떠올렸다.

도수가 혀를 쭉 내밀고 애교 섞인 말투를 사용한다는 생각해 보았다.

전혀 어울리지 않았다. 기동의 말투를 도수가 한다고 생각하자 소름이 돋았다. 흡사 공포영화의 한 장면을 보는 듯했다.

갑자기 1층 스테이지가 어수선해졌다.

쉬지 않고 GO! GO! 를 외치던 DJ의 음성도 그쳤다.

이 넓은 공간에 음악 소리가 들리지 않자 서늘한 느낌이들었다. 사람들의 목소리가 웅웅 거리며 울려 댔다.

"저, 저 개늠의 새끼들이."

압구정 파 놈들이 몰려왔다.

대략 스무 명 정도. 마야 클럽에 있는 신사동 파의 숫자보다 다섯 명 정도가 많았다.

수세적인 입장이지만 업소들을 포기할 수 없기에 조직원들을 나눠서 분산 배치시켰다.

그리고 이곳에는 가장 많은 15명의 조직원들이 있었다.

하지만 스무 명이나 쳐들어올지 몰랐다. 다른 곳은 내버려 두고 이곳만 노린 것일까.

놈들의 선두에는 기현도 잘 알고 있는 사내가 있었다.

노현수라는 개자식.

서른도 되지 않았지만 압구정 파에서 중간 보스 자리를 떡 하니 차지하고 있는 놈이기도 했다. 칼과 주먹을 모두 잘 쓰며 원터치로는 서울에서 자신을 이길 자가 없다고 떵떵거리는 놈이기도 했다.

물론 미친 소리다.

"이기현이 어디 있나, 이기현이!"

현수가 목소리를 높여서 기현을 불렀다.

음악 소리가 들리지 않아 그의 목소리는 크게 울렸다.

잠시 눈치를 보던 업소 손님들이 우르르 클럽을 빠져나갔다.

그들이 모두 업소를 빠져나가는 데는 5분도 걸리지 않았다.

너무 번잡해서 그런지 대부분이 계산도 하지 않았다. 웨이터들이 급히 그들을 막았지만 한꺼번에 몰려 나가는 손님들을 막을 수는 없었다.

5분 만의 최소 수천 만 원에 손실을 봤다.

"얼씨구, 손님들이 하나도 없네. 무슨 클럽이 이래? 이기현이 나와라. 나랑 할 말이 있지 않나?"

고현수가 계속해서 기현의 속을 긁었다. 신사동 파 조직원들이 쇠파이프를 들고서 그의 앞으로 몰려 나갔다. 서로가 정면으로 대치했다.

"어이구, 우리 이기현 씨, 거기 있네. 뭐해? 안 내려오고."

현수가 3층에 있던 기현을 바라봤다. 그는 기동과 함께 1층 스테이지로 내려갔다.

기현이 현수와 마주 봤다.

현수는 아무런 무기 없이 정장 주머니에 손을 넣고 있었다. 보이지 않지만 허리나 발목에 칼을 차고 있을 것이다.

"이 씨벌놈들이. 여기가 어딘 줄 알고 드나 댕기는 거여, 이 씨부랄놈들아."

이기동이 사납게 외쳤다.

다른 조직원들도 사납게 그들을 노려봤다. 당장이라도 들고 있는 쇠파이프를 휘두를 기세였다.

"후후, 딱 보니 네가 어기동이구만. 건달계의 개그맨이라면서."

현수의 말에 이기동의 얼굴이 붉어졌다.

그가 가장 싫어하는 별명이기도 했다.

다른 사람들은 그의 앞에서 개그맨이라는 소리를 절대 하지 않는다.

아무리 사람이 좋다고 하더라도 이기동은 건달이다. 그가 한 번 폭발하면 물불을 가리지 않았다.

부상 때문에 선수 생활을 포기했다고 하지만 숨겨진 더 큰 이유가 있었다.

그를 꾸준하게 괴롭혀 온 선배 선수를 아작 냈던 것이다.

그는 양팔이 부러져 1년 동안 선수 생활을 멈춰야 했다. 그로 인해 씨름 관계자들에게 눈 밖에 났고 더 이상 선수 생활을 이어 갈 수가 없었다.

"이 씨벌새끼가, 뭐라고 씨부려 쌌냐. 뒈지고 싶어서 환장해꾸만."

"되지도 않는 사투리는 그만 써라."

현수가 이죽거렸다.

화를 참지 못한 이기동이 앞으로 나가려고 하자 기현이 팔을 들어서 만류했다.

"나를 치려고 왔나?"

기현이 물었다.

"당연하지."

"그럼 더 이상 말을 섞을 필요가 없겠군."

기현의 눈초리가 서늘해졌다.

시작과 동시에 현수를 가장 먼저 칠 생각이다.

이들 중에서 놈이 우두머리다. 또한 행동 대장도 겸하고 있었다. 현수만 쓰러트리면 다른 놈들은 도미노처럼 무너지고 말 것이다.

"아, 잠깐, 잠깐."

현수는 양 손바닥을 펴고 앞으로 내밀었다.

잠시만 멈추라는 의미였다. 앞으로 나가려던 기현이 움찔했다.

"할 말이 남았나?"

"널 죽이는 사람은 내가 아니야."

"뭐?"

이해가 되지 않는 말이었다.

"저 사람이지."

현수는 턱으로 기현의 왼편을 가리켰다.

그가 가리킨 쪽으로 기현의 고개가 돌아갔다. 그의 옆에는 육지환이 서 있었다.

왜 현수가 육지환을 가리켰을까. 그것 역시 이해가 되지 않았다.

지환은 허리춤에 있던 칼을 꺼냈다.

그의 눈동자가 기현과 마주쳤다. 눈동자가 얼음처럼 냉정하다.

기현은 등줄기가 서늘해지는 것을 느꼈다.

뇌리에서 경고등이 팍 하고 켜지며 위험하다, 라고 메아리쳤다.

그는 지환에게 떨어지기 위해서 한 걸음 뒤로 물러났지만 너무 늦고 말았다.

어느새 지환의 손에 있던 칼이 기현의 옆구리를 쑤시고 들어갔다.

소름끼치는 푹 소리가 마야 클럽 안을 메웠다.

"크흑."

기현의 입에서 신음 소리가 흘러나왔다. 칼이 쑥 하고 빠져나갔다.

기현은 손바닥으로 칼에 찔린 곳을 막았다.

손가락 사이로 피가 줄줄 셌다.

출혈이 상당하다.

지환이 다시 칼을 들었다.

기현이 허리를 굽히고 있기에 등을 찍을 생각인 모양이었다. 아니면 목을 찌르든지.

다행히도 기동이 지환을 밀어냈다.

지환은 통통 거리며 뒤로 물러나 현수의 옆자리로 갔다.

"크흑, 왜?"

기현은 지환을 바라봤다. 그에 대한 분노의 눈빛은 아니었다.

이 상황이 이해가 되지 않는 어처구니없음에 눈빛이었다.

지환은 어깨를 으쓱거렸다.

"저도 먹고 살아야지요."

"헉헉, 너는 성태의 친구가 아니었나……."

기현의 숨소리가 거칠어졌다.

아무래도 찔린 곳이 좋지 않았던 모양이다. 15㎝가 넘게 내장을 파고들었으니 서 있는 것 자체가 상당히 괴로울 것이다.

"친구지요. 하지만 그는 죽었잖습니까. 죽은 사람에게 미련을 둬서 뭐합니까."

"……개자식이군."

"상황 판단이 뛰어나다고 얘기해 주세요. 어차피 신사동 파는 끝장났습니다. 침몰하는 배에 같이 타고 있는 자들이 멍청하지요. 기동아, 너도 거기 있지 말고 이리로 와. 괜히 발목 잘려서 불구되지 말고."

지환은 노골적으로 이기동을 유혹했다.

하지만 이기동은 일언지하의 그의 제의를 거절했다.

"염병하고 자빠졌네. 뒈져도 너랑 같이 일 못한다. 어디 할 짓이 없어서 친구 죽인 놈들하고 붙어먹어!"

"자신의 목숨이 가장 중요한 거지. 왜 그것을 모를까. 죽고 나면 무슨 소용이야, 우린 아직 젊다고. 죽더라도 마음껏 누려 보고 죽어야 할 것 아니야."

"미친 개소리 집어치워. 너 같은 배신자 새끼는 팔팔 끓는 물에 데쳐서 양념 없이 먹어야 돼. 무슨 맛이 나는지 알아볼 겸."

기동의 말에 지환의 안색이 굳어졌다. 그는 현수에게 말했다.

"이쪽으로 넘어올 놈들은 없나 봅니다. 끝내셔도 될 것 같습니다."

현수가 고개를 끄덕였다.

그가 손짓을 하자 스무 명의 압구정 파 조직원들이 와! 함성을 내지르며 달려들었다. 동시에 신사동 파 조직원들도 앞으로 나섰다.

기동은 기현을 부축하며 뒤로 빠졌다. 기현은 싸울 수 있는 상태가 아니었다.

당장 구급차를 타고 병원으로 가야 한다. 잘못하면 생명이 위험할지도 몰랐다.

하지만 현수와 지환이 기동과 기현을 놓아 주지 않았다.

지환은 날카롭게 칼을 휘두르며 집요하게 기현을 노렸다. 기현이 옆구리를 잡은 채 칼을 간신히 피했다. 그가 입고 있던 정장이 칼날에 베여 찢어졌다. 모든 칼질은 피할 수가 없었다.

팔과 뺨에 다시 한 번 자상이 생겼다. 점차 뒤로 밀리던 기현의 등이 스테이지 끝에 닿았다. 더 이상 피할 길이 없었다.

"형님!"

기동이 다급하게 기현을 불렀다.

그를 도와주러 가고 싶은 마음은 굴뚝같지만 기동 역시 몸을 빼기가 쉽지 않았다.

현수의 주먹질이 무척이나 매서웠다.

그의 주먹에 연달아 얼굴을 얻어맞은 기동의 얼굴이 금방 부풀어 올랐다.

기동도 주먹을 휘둘렀다.

붕붕 소리가 크게 날 정도였다.

하지만 그의 느린 주먹으로는 현수의 옷깃 하나 스치지 못했다.

기동의 다급한 마음에 현수에게 돌진했다. 태클을 걸어서 상대를 잡으면 훨씬 유리해진다.

그는 전직 씨름 선수, 상대와 맞잡은 상태에서는 결코 밀리지 않을 자신이 있었다.

그의 어깨가 현수의 옆구리를 파고들었다. 이제 됐어, 라고 생각했다.

그러나 기동의 마음대로 상황은 흘러가지 않았다.

현수의 무릎이 기동의 안면을 강타했다.

고개가 뒤로 확 꺾인다. 뇌진탕에 가까운 충격을 받은 기동은 앞으로 고꾸라지고 말았다.

150㎏이 넘는 자신의 몸무게까지 더해서 받은 충격이다.

목뼈가 부러지지 않은 것만으로도 다행이었다.

기동은 가까스로 일어났지만 눈동자가 풀려 있었다. 다리가 덜덜 떨려서 제대로 서 있기도 힘들었다.

조직원들도 힘겹기는 마찬가지였다.

처음에는 다섯 명밖에 차이가 나지 않았지만 지금은 여덟 명이나 차이가 난다.

놈들은 쓰러진 신사동 파 조직원들에게 쇠파이프를 마구 휘둘렀다.

깡! 깡! 깡!

머리가 깨져서 피가 스테이지에 줄줄 흘러내렸다.

잔인하게도 놈들은 쓰러진 조직원들의 다리까지 분질렀다.

끝장이다.

기현은 어금니를 물었다.

자신의 운명도 여기까지라고 여겨졌다.

그나마 다행이라면 민태와 도수가 멀쩡한 것이다. 도수라면 반드시 놈들에게 복수를 해 줄 것이다. 놈들은 사자를 건드렸다.

"기현 형님, 이제 가시오."

지환이 비릿하게 웃었다.

그는 지금까지 알던 지환이 아니었다. 철저한 배신자가 되었다.

"오냐, 가마. 지옥에서 지켜보고 있겠다."

"그런 일 없수다."

지환은 칼을 들었다.

"고통스럽지 않게 한 번에 보내 주지요."

그는 기현의 목을 노렸다.

그때였다.

쾅!

엄청난 소리가 홀 안에 울려 퍼졌다.

동시에 두 명의 압구정 파 조직원들이 10m 이상을 날아서 바닥에 떨어졌다.

그들의 얼굴이 심한 정도로 망가져 있었다. 안면이 완전히 일그러졌다.

공사장에서나 쓰는 해머를 안면에 맞은 것 같은 형상이었다.

기현는 압구정 파 조직원들이 날아온 방향을 바라봤다.

지환도 마찬가지였다.

의식적으로 고개를 돌린 것이 아니었다. 반사적으로 돌린
것이다.

그들이 바라본 곳에서는 믿기지 않는 일이 벌어지고 있었다.

한 사내가 나타났다.

그 사내는 압구정 파 조직원들을 무차별적으로 뭉개 버렸다.

단 일격에 조직원들은 피투성이가 된다.

지금까지 의기양양하던 압구정 파 조직원들의 얼굴이 사
색으로 바뀌는 데, 얼마 걸리지도 않았다.

칼도, 야구 방망이도, 쇠파이프도 그에게는 소용이 없었다.

흡사 거대한 사자 한 마리가 개들 속에 풀린 격이었다.

"마, 말도 안 돼!"

지환의 떨리는 목소리가 홀 안에 울려 퍼졌다.

반면 기현의 눈동자는 눈에 띄게 커졌다. 얼굴도 밝아진다.

그는 사내를 보며 외쳤다.

"도수 형님!"

*   *   *

도수는 청담동 마야 클럽 앞에서 택시를 내렸다.

그가 내리자마자 안에서 사람들이 쏟아져 나왔다.

그들이 목소리가 들렸다.

어우, 깡패들끼리 싸우나 봐. 겁나라.

경찰에 신고해야 하는 것 아니야?

이야, 돈 굳었다. 나는 양주 시켰는데. 야야, 우리 2차 가자. 좋은 구경거리 놓쳤지만 이게 어디냐.

아무래도 일이 터진 듯했다. 기현에게 아무런 일이 없기를 바란다.

도수는 마야 클럽 안을 성큼성큼 걸어갔다.

웨이터들이 불안한 얼굴로 문밖에 나와 있었다.

그들은 도수에게 누구냐느니, 어디서 왔냐는 질문 따위는 하지 않았다.

오히려 두려운 눈빛으로 길을 터 주었다.

그는 대여섯 명은 한꺼번에 다닐 수 있는 넓은 계단으로 지하를 내려갔다.

지하 3층을 터서 클럽을 만들었으니 계단은 꽤나 길었다.

화장실에서 볼일을 보던 사람들이 깜짝 놀라 늦게 밖으로 뛰쳐나갔다.

그들은 도수를 보고는 흠칫하고는 최대한 벽 쪽에 붙어서 계단을 올라갔다.

그 외에는 지하 3층까지 내려오는데 본 사람은 없었다.

쿵쾅 거리는 음악 소리도 들리지 않았다. 개미 새끼 한 마리 지나다니지 않을 만큼 고요하다.

클럽 입구가 있는 지하 3층에 다 와서야 사람들의 소리가 들렸다.

죽여, 개새끼, 씨발놈들, 다 뒈졌어, 온갖 욕설이 난무한다.

뭔가가 부서지는 소리도 심하게 들렸다.

도수는 클럽 안으로 들어갔다.

동시에 눈살이 찌푸렸다. 그는 한눈에 기현의 상황을 알아차렸다.

기현이 옆구리를 잡고 있었다.

피가 줄줄 센다. 가까스로 칼을 피하고 있지만 너무도 위태로웠다. 언제 칼에 찔릴지 알 수가 없었다.

황당한 것은 칼을 휘두르는 자가 지환이라는 것이다. 지환은 기현이 가장 믿고 있는 자이기도 했다. 대번에 무슨 상황인지 눈치챘다.

놈이 배신한 것이다.

도수가 스테이지 앞으로 걸어갔다.

얼굴이 낯익은 신사동 파 조직원들이 바닥에 쓰러져서 피를 흘리고 있었다.

쓰러진 그들을 향해서 압구정 파 조직원들은 인정사정없이 칼과 쇠파이프를 휘둘렀다.

이미 반수 이상이 쓰러졌다.

나머지도 곧 쓰러질 것처럼 위험해 보였다.

하나, 둘, 셋, 넷…… 스물.

압구정 파, 조직원들의 숫자는 모두 스무 명이었다.

자잘한 상처를 입은 자들이 꽤 되지만 신사동 파 조직원들처럼 치명적인 상처를 입은 자들은 없었다.

도수는 가장 가깝게 있던 사내의 어깨를 잡았다.

그는 등을 돌리고 있었기에 누가 자신을 잡았는지 확인하기 위해서 고개를 돌렸다.

그 순간 사내는 끔찍한 고통을 느꼈다.

도수의 왼쪽 주먹이 그의 얼굴에 사정없이 꽂혔다.

빠각 소리가 나며 코뼈가 뭉개졌다.

그의 육신이 붕 떠서 스테이지 끝까지 밀려갔다.

도수의 주먹을 옆으로 휘둘렀다.

180도로 돌아가며 바닥에 쓰러진 사내를 내리치던 조직원의 면상에 직격했다.

그의 얼굴이 뒤틀렸다.

그 사내 역시 엄청난 충격을 받고 떠올라 탁자 위에 떨어졌다. 탁자가 와장창 거리며 사내와 함께 쓰러졌다.

순간 모두의 움직임이 멈췄다. 모든 시선이 도수에게 꽂혔다.

하나같이 믿을 수 없다는 표정을 짓고 있었다.

"너희들……."

도수는 주위를 돌아보며 낮은 음성으로 말했다.

묵직하고 서늘한 음성이 홀 안에 맴돌았다.

압구정 파 조직원들은 그의 목소리를 들으며 맹수가 으르렁 거리고 있다는 착각을 받았다.

"한 놈도 두 발로 걸어서 나가는 자들은 없을 것이다."

도수가 움직였다.

그의 주먹이 압구정 파 조직원들의 면상을 후려쳤다.

그들의 고개가 팍팍 돌아가며 바닥에 쓰러졌다. 일격에 놈들은 전투불능 상태가 된다.

"쳐, 쳐라!"

현수의 다급한 목소리가 들렸다.

그는 칼을 꺼내 이기동의 발목을 막 자를 참이었다. 아예 양쪽 발목을 자를까, 즐거운 고민도 했었다.

하지만 도수를 보고 나서는 생각이 바뀌었다.

이기동의 발목을 자를 때가 아니었다. 그는 부하들에게 명령을 내리고 곧바로 도수에게 달려갔다.

그가 도수에게 달려가는 짧은 시간 동안 다섯 명의 부하들이 바닥에 쓰러졌다.

쓰러진 모두가 얼굴을 부여잡고 있었다.

코가 으깨지고, 눈알이 터졌으며, 이빨이 곳곳에 나뒹굴었다. 그들이 쏟아 낸 피에 스테이지 바닥이 흥건했다.

"이 개자식!"

현수는 크게 뛰어올라 도수의 등을 향해 칼을 내려찍었다. 놈이 부하들을 상대하느라 자신을 보지 못했다고 여겼다.

그러나 그 생각은 현수의 착각이었다.

도수는 몸을 돌려서 현수에게 팔을 뻗었다. 칼이 아슬아슬하게 도수의 팔을 지나쳤다.

손바닥은 현수의 목을 잡아챘다.

"커헉."

현수의 호리호리한 몸이 공중에서 대롱대롱 매달렸다.

한 손으로 성인 남자를 들어 올릴 수 있다는 것 하나만으로도 압구정 파 조직원들에게 공포를 심어 주었다.

현수는 숨을 쉴 수가 없었다.

목이 부러질 것만 같았다.

상상도 하지 못할 정도로 엄청난 아귀 힘이었다. 그는 도수의 팔을 몇 번이나 쳤지만 꿈쩍도 하지 않았다.

도수가 그의 사타구니에 손을 넣었다. 팔의 각도를 꺾자 현수의 몸이 뒤집혔다.

모두의 얼굴에서 설마, 하는 표정이 생겨났다.

목을 잡고 있던 손을 놓고 현수의 발목을 잡았다. 그리고는 그대로 바닥에 내려찍었다.

쾅!

스테이지 전체에 진동이 울릴 정도로 엄청난 소리가 울렸다.

압구정 파와 신사동 파, 적과 군의 피아를 떠나서 그들은 경악에 가까운 표정을 지었다.

현수의 목이 기형적으로 꺾여 있었다. 목뼈는 금방이라도 살갗을 뚫고 밖으로 튀어나올 것처럼 보였다.

그의 눈동자는 부릅떠 진체 움직임이지 않았고 혀를 입 밖으로 축 늘어졌다.

코에서 주르륵 피가 흘렀다.

도수가 손을 놓자 현수의 몸이 흐느적거리는 풍선 인형처럼 바닥에 쓰러졌다.

그의 팔과 다리가 조금씩 흔들렸다. 이윽고 마구 경련을 일으켰다.

"혀, 형님."

두 발로 서 있는 압구정 파 조직원들의 목소리가 떨려 왔다.

도수가 나타나고 10분도 되지 않는 짧은 시간 동안 반 수 이상이 쓰러졌다.

그것도 회생이 불가능할 정도로 타격을 입었다.

"으으윽, 이건 말도 안 돼. 이럴 수가 없어."

남은 조직원들은 두려움을 이기지 못했다.

그들은 조금씩 뒤로 물러났다.

그들의 두목이 너무도 처참하게 당했다.

도저히 살아 있는 것으로 보이지가 않았다. 살아 있다고 하더라도 평생 휠체어에 의지해서 살아야 할 것이다. 저렇게 되고 싶은 마음은 추호도 없었다.

그들은 자신도 모르게 뒷걸음질을 치고 있었다.

본능이 그렇게 시키고 있는 것이다.

달아나라고, 여기에 있다가는 죽는다고.

"으아아악!"

한 조직원이 무기를 버리고 등을 돌렸다.

그가 뒤를 향해서 뛰자 다른 조직원들도 등을 돌리고 뛰기 시작했다.

하지만 그들에게는 운이 따르지 않았다.

클럽 밖에서 상황을 지켜보던 웨이터들이 문을 닫아 버리고만 것이다. 문은 쿵 소리를 내며 닫히고 말았다.

압구정 파 조직원들은 패닉 상태에 빠지고 말았다.

그들은 문을 열기 위해서 몸으로 부딪쳤지만 꿈쩍도 하지 않았다. 밖에서 웨이터들이 등을 대고 악착같이 막고 있었다.

그들의 등 뒤로 신사동 파 조직원들이 다가갔다.

손에는 칼과 쇠파이프가 들려 있었다.

눈빛이 살기로 가득하다.

놈들에게 동료들이 무참하게 당했다. 이제는 빚을 갚아 줄 차례였다.

"으아아아악!"

놈들의 비명 소리가 홀 안에 울려 퍼졌다.

"이, 이게 도대체……."

칼을 들고 있는 지환의 팔이 덜덜 떨려 왔다.

다른 손으로 칼을 든 손의 팔목을 잡았지만, 떨림은 멈추지 않았다.

도수의 능력이 이 정도까지 되는지 꿈에서조차 생각해 보지 않았었다.

이자는 괴물이나 마찬가지였다.

믿었던 현수가 그토록 쉽게 당할지도 생각하지 않았다. 그는 쓰러져 있는 현수에게 눈길을 주었다.

아직도 심하게 경련을 일으키고 있었다. 목뼈가 부러진 것이 확실했다.

그의 반쯤 죽은 눈동자는 믿을 수 없다고 말하고 있었다.

예전에 했던 기현의 말이 떠올랐다.

"형님은 맹수야. 독을 가진 맹수."

정말이었다.

저자는 인간 세계에 살고 있는 맹수였다.

총이 아니면 저자를 잡을 수 없을 것 같았다. 총을 맞더라도 쉽게 죽을 것 같지도 않았다.

저벅저벅.

도수의 발자국 소리가 천둥 소리만큼이나 크게 들렸다.

그의 심장박동이 빨라진다. 이러다가 심장이 제멋대로 밖으로 튀어나올 것만 같았다.

도수가 지환의 앞에 섰다. 지환은 칼을 양손으로 움켜쥔 채 움직이지 않았다.

도수를 공격하기 위한 움직임으로는 보이지 않았다.

다가오면 찌른다, 는 방어의 자세였다.

"왜 그랬지?"

도수가 물었다.

"씨, 씨발. 뭐가 왜 그래!"

도수는 손바닥을 폈다. 그리고 지환에게 따귀를 날렸다.

빡 소리가 나며 지환의 고개가 팍 돌아갔다.

너무 떨고 있어서 반격도 하지 못했다. 그가 잡고 있던 칼이 힘없이 튕겨져 나갔다.

넘어지려는 지환의 멱살을 잡아서 일으켰다.

"왜 그랬지?"

다시 물었다.

"뭘 말이야."

지환의 기세가 한풀 꺾였다.

아니, 멱살을 잡힌 그의 눈동자에서는 두려움만이 가득했다.

도수는 손바닥으로 다시 지환의 따귀를 때렸다. 따귀라고는 볼 수 없는 엄청난 충격이 해일처럼 지환을 강타했다.

뻑 소리와 함께 고개가 돌아간다. 입술이 터지고 뺨을 맞은 얼굴이 크게 부풀어 올랐다.

"네 친구를 죽인 놈들과 손을 잡으니 어떤 기분이 들더냐, 아주 째지더냐?"

"씨, 씨발. 도대체 왜 그래? 넌 아무 상관도 없잖아."

뻑!

도수의 손바닥에 의해 지환의 고개가 다시 돌아갔다. 이번에는 이빨이 부러졌다.

도수는 질문을 했고, 지환이 무엇을 대답하던 따귀를 맞았다.

끝내 턱관절이 으스러졌다.

말로 형용할 수 없는 끔찍한 고통이 지환의 전신을 강타했다. 그는 입을 벌렸지만 신음도 내뱉지 못했다. 몸을 뒤척이고 싶어도 도수에게 잡힌 멱살 때문에 그럴 수가 없었다.

"네놈의 보스는 어디 있나, 소종태 말이야. 말하면 편하게 해 주지."

지환은 눈물을 줄줄 흘렸다.

죄책감은 아니었다.

공포가 극에 달하면 눈물이 흐른다는 것도 처음 알았다. 편안하게 해 준다는 말이 너무도 달콤하게 다가왔다. 그것이 죽음이라고 하더라도 말이다.

"야, 양펴, 별자에 있으니다."

부서진 턱 때문에 말을 하기가 무척이나 고통스러웠다. 억지로 고통을 참아 가며 한 자씩 내뱉었다.

그는 소종태가 있는 별장의 주소까지 불러 주었다.

고개를 끄덕인 도수는 놈의 멱살을 풀었다.

그가 힘없이 바닥에 쓰러졌다. 의식은 있지만 도저히 움직일 수 있는 상태가 아니었다.

"너는 신사동 애들이 처리할 거야. 어떤 식으로 결말을 맺을지는 예감이 가지만. 네가 해결사에게 했던 고문 방법이 아주 인상적이더군."

도수의 말에 지환이 고개를 마구 흔들었다.

그가 해결사에게 행했던 고문을 그대로 당할지 모른다는 공포에 미칠 것만 같았다.

그는 팔과 다리를 허우적거리며 스테이지에서 벗어나려고 애를 썼다.

그러나 그의 뒷덜미는 이기동에게 붙잡히고 말았다.

얼굴이 많이 상했지만 움직이는 데는 별문제가 없는 모양이었다.

"씨벌놈. 너는 이제 끝장이여. 제발 죽여 달라고 빌게 해 주지."

기동은 살벌하게 말했다.

도수는 기현에게 다가갔다.

기현은 스테이지 무대에 등을 기대고는 숨을 헐떡이고 있었다. 안색이 좋지 않고 땀이 비 오듯이 흘러내렸다.

그래도 표정은 밝았다. 그는 도수를 보며 웃으며 말했다.

"도수 형님."

"그래, 나다. 괜찮나?"

"예, 말짱합니다."

그 말을 끝으로 기현의 몸이 무너졌다.

도수가 재빠르게 그의 몸을 받았다.

상태가 심각했다.

도수는 이기동을 불렀다. 기동이 지환을 놓고 달려왔다.

"구급차 불러! 어서!"

8.

징벌

CITY
WILD BEAS

마야 클럽은 한바탕 홍역을 치르고 있었다.

10대가 넘는 구급차와 수십 명의 응급 구조 요원들이 클럽 안을 들락거렸다. 경찰들도 출동했다.

하나, 크게 일이 번지는 사태는 없을 것이라고 기동은 단언했다.

도수가 왜냐고 물었더니 윗줄과 선이 닿아 있어서 그렇다고 대답했다.

강남구와 서초구의 경찰서장들도 이들에게서 받아먹는 것들이 많았다. 적게는 수천만 원부터 많게는 수억에 이르렀다.

세 개의 조직이 균형 있게 자리를 잡고 있는 것이 그들이 머리도 아프지 않고 떨어지는 콩고물도 많은 셈이다.

언론에만 알려지지 않는다면 그들은 압구정 파와 신사동

파의 화해를 주선한 것이라고 하였다.

화해라고 말을 하지만 반은 협박일 것이다.

어차피 그들은 누가 강남을 차지하든지 관심이 없었다.

그저 일반인들에게 피해를 주지 않고, 많은 돈만 챙기면 된다.

하지만 조직들이 통합을 하게 되면 그들도 골치 아파졌다.

세 개로 나눠져 티격태격 싸움질을 해야만 그들의 말을 잘 들을 것이기 때문이었다.

도수도 상관할 바가 아니었다.

그러나 압구정 파의 소종태를 그대로 내버려 둘 수는 없었다.

"차 있나?"

도수가 기동에게 물었다.

"차요?"

기동은 최대한 조심스럽게 되물었다.

어떤 차를 말하는지 퍼뜩 감이 오지 않는 모양이었다.

그는 도수가 어떤 사람인지 머릿속에 확실하게 각인을 시켰다.

왜 기현이 그토록 도수에게 설설 기었는지도 알 수가 있었다.

나쁜 사람은 아니지만, 그렇다고 좋은 사람도 아니었다.

그와 척을 지는 일만큼은 하지 않기로 하느님께 맹세했다.

"그래."

"여기 있습니다."

기동은 주머니에서 차 키를 꺼내다 말고 멈칫했다.

아, 제가 꺼내 오겠습니다, 라고 말을 하고는 재빨리 옆 건물 지하 주차장으로 뛰어갔다.

잠시 후, SUV 지프차 한 대가 도수 앞으로 와서 섰다. 기동의 덩치와 잘 어울렸다.

만약 그가 작은 소형차를 타고 다닌다면 그것이 이상할 것 같았다.

차에서 내린 기동이 도수에게 차 키를 건넸다. 도수는 받지 않았다.

그는 말없이 조수석에 가서 앉았다. 고개를 갸웃거린 기동이 운전석에 앉았다.

"가자."

"어디로요?"

"소종태가 있는 곳으로."

도수는 지환이 알려 주었던 주소를 읊었다.

기동의 낯빛이 변했다. 그의 동글동글한 얼굴이 푸들푸들 떨려 왔다.

"지, 지금 둘이서 소종태를 치러 가자고요?"

"오늘이다. 아니, 지금이 적기다."

"압구정 파 놈들이 득실득실 할 겁니다."

"아니, 지금은 그렇지 않을 거야. 혹여 습격에 실패했다는 말이 귀에 들어간다면 모르지만. 어서 출발해."

기동은 끙 소리를 내며 액셀을 밟았다.

지프차는 거친 소음을 내며 출발했다.

"저기 소종태는 만만한 자가 아닙니다. 조직 보스라는 자리를 딱지치기로 딴 것이 아니랑께요. 들리는 소문으로는 맨손으로 황소를 잡았다고 합니다요."

도수는 물끄러미 기동을 바라봤다.

참 특이한 말투를 썼다. 재미있는 친구였다.

그와 대화를 나눠 본 것은 처음이지만, 상대방을 편안하게 해 주는 능력이 있었다.

"명심하지."

도수는 등받이에 머리를 기댔다.

참으로 긴 하루였다.

그리고 더욱 긴 밤이 기다리고 있었다.

도착할 때까지 눈을 붙여 체력을 보충할 셈이다.

기동은 뭔가 불만이 있는지 혼자서 구시렁거렸다. 도수는 눈을 감고 빙그레 미소를 지었다.

*   *   *

소종태의 개인 별장은 양평에 있었다.

400평이 넘는 넓은 대지에 80평 규모에 2층짜리 모던한 별장을 지었다.

자신의 풍족함을 과시하기로 하는 듯 온갖 비싼 가구들로 별장을 채웠다.

정원도 꽤나 멋졌다.

앞마당에는 포도와 키위가 자랐고, 뒷마당에는 장미꽃으로 울타리를 만들었다.

주변에는 유명 연예인들이 살고 있었다.

얼마 전에 결혼한 지명도가 높은 톱스타 부부가 뒷집으로 이사를 왔다.

소종태는 그들과 안면을 텄다. 그들 부부를 초대해 멋진 식사를 대접하기도 했다.

소종태는 거실에 있는 고딕식 소파에 앉아 있었다.

좌측으로는 벽난로가 세워져 있어 거실에 온도를 높였다.

정면으로는 크게 창을 만들었다.

눈이 내리는 전경을 한눈에 확인할 수가 있었다.

운치가 돋보인다.

소종태의 앞에는 거구의 사내가 앉아 있었다.

머리가 짧고 희끗희끗하다. 겨우 35세의 나이였지만, 흰 머리카락들 때문에 마흔도 넘어 보였다. 그가 중간 보스 중에 한 명인 기득춘이었다.

술을 마시고 있었던지 고딕식 탁자 위에는 양주 두 병과 과일 안주가 놓여 있었다. 한 병은 다 비우고, 이제 막 두 병째를 딴 모양이었다.

소종태는 단색 카디건에 활동하기 쉬운 면바지를 입었다. 외모와 다르게 예쁜 토끼 모양의 슬리퍼를 신었다. 그의 정부인 미니가 사다 놓은 슬리퍼였다.

"하하하하하!"

소종태는 호탕하게 웃었다.

"형님, 취하셨습니다. 어서 들어가셔야지요. 제가 지금 그곳으로 갈 상황이 아닙니다. 죄송합니다."

웃고는 있지만 눈가가 실룩거렸다. 눈가에 잔뜩 주름이 진다.

짜증이 솟구치고 있는 표정이었다.

"저희 업소로 가십시오. 제가 알아서 말을 해 놓겠습니다. 네? 아 네, 걱정하지 마십시오. 아주 괜찮은 여자들이 들어왔습니다. 몇 살이냐고요? 후후, 놀라지 마십시오. 17살입니다. 아직 아다입니다, 첫 개시도 안 했어요. 당연히 형님 먼저 개시하라고 아껴 뒀지요. 네? 네네, 알았습니다. 에이, 우리 사이에 무슨 돈입니까. 형님, 저 섭섭합니다. 벌써 10년도 넘게 알고 지낸 우리 사이 아닙니까, 막역한 사이! 죽마고우! 그런 형님한테 무슨 돈을 받습니까. 네네, 아유, 알았습니다. 너무 걱정하지 마시고요. 제가 서울 올라가면 바로 찾아뵙겠습니다. 네, 즐거운 시간되십시오."

종태는 전화를 끊었다. 끊자마자 앞에 있던 술잔을 들어 벌컥벌컥 마셨다.

"에이, 씨발 새끼. 이 대머리 짭새 새끼는 너무 바라는 게 많아. 펠리컨처럼 아가리를 벌리고 처넣어 주기만을 기다린다니까."

"강찬수 마포 경찰서장입니까?"

"그래, 이미 술이 떡이 되어 있더라. 뭐라고? 얼굴 좀 보자고? 빤하지, 술값 계산해라 이거지. 내가 지 지갑이야 뭐야. 뻑 하면 나와서 술값을 계산하라고 지랄이냐고. 개자식, 단물만 빠져 봐라. 아주 끝장을 내줄 테다."

종태는 연거푸 술잔을 비웠다.

기득춘은 그의 잔에 술을 채웠다.

그리고는 얼음 박스에서 두 개의 얼음을 꺼내 술잔에 넣었다.

"그래도 배도일 서장보다는 낫지 않습니까."

기득춘이 배도일을 언급하자 종태의 얼굴이 와락 구겨졌다.

생각하기도 싫다는 표정이었다.

"야, 그 새끼 얘기도 하지 마. 술맛 떨어진다."

종태는 질린다는 듯 어깨를 으쓱거렸다.

그는 강찬수와 배도일을 12년부터 알고 있었다.

서로가 서로를 좋아하지 않았으나 악어와 악어새처럼 공존 관계여서 떼려야 뗄 수가 없었다.

종태는 어느 정도 선에서 그들과의 관계를 정리하려고 했던 적이 있었다.

하지만 둘 다 고속 승진을 거듭하더니 경찰서장의 자리까지 꿰찼다.

강찬수는 경찰 대학교 출신이지만, 배도일은 그렇지 않았다.

일반 형사로서 총경까지 닿을 수 있는 인물이라는 소문도 심심치 않게 들렸다.

종태의 입장에서는 울며 겨자 먹기로 그들과의 질긴 인연을 이어 올 수밖에 없었다.

특히 배도일은 피도 눈물도 없는 자였다.

그에 눈에서 벗어나면 가차 없이 목이 잘린다.

전 압구정 파의 두목이었던 이윤호가 20년 형을 받고 교도소에 들어간 이유도 배도일의 눈 밖에 났기 때문이었다.

사람들은 그를 보고 냉혈한이라고 하지만 배도일에 비해서는 새 발의 피도 되지 않았다.

반년 전 배도일은 성범죄자 서른 명을 데리고 오라고 그에게 시켰다.

난데없이 성범죄자가 어디서 난다는 말인가.

그는 동생들을 풀어서 강남 성매매 업소들을 뒤졌다.

그리고 닥치는 대로 그들을 잡아다가 배도일에게 넘겼다.

그 와중에 자신의 부하 다섯도 끌려 들어갔다. 자신의 사업장을 자신의 손으로 쑥대밭을 만든 꼴이었다.

배도일이 그에게 그런 일을 시킨 것은 대통령 때문이었다.

대통령이 4대 범죄 근절을 지시했고, 그중에 하나가 바로 성범죄였다.

대통령에게 잘 보이기 위해서는 검거율을 높여야 했다.

덕분에 강남 경찰서는 성범죄자 검거율 1위라는 위업을

달성했다.

종태에게 떨어진 사탕을 별 볼 일이 없었다.

너, 그 자리에 내버려 두는 것만으로도 감사해, 라는 말이 다였다.

그 외에도 생각만 하면 불끈불끈 화가 치밀어 오르는 일이 많았다.

"여자애들 부를까요?"

기득춘이 조심스럽게 물었다.

종태의 기분이 나빠졌을 때는 여자가 최고다.

그렇지 않으면 자신이 종태의 짜증을 그가 모두 받아 내야 할 테니까. 그것은 생각하기도 싫은 일이었다.

"그래, 술맛 좀 살려야겠다."

워낙 여자를 좋아하는 종태다.

여자 싫어하는 남자는 없다고 하지만, 종태는 그 정도가 심했다.

득춘이 알고 있는 정부만 다섯이다. 그 외에도 몇 명이나 더 정부가 있을 수도 있었다.

20살 대학생부터, 남편이 있는 30대 중반의 유부녀까지 가리지도 않는 잡식성이었다.

종태는 신사동 파에게 습격을 당했다는 명분을 내세워 이곳으로 피신을 했다.

대의명분은 충분했다.

그는 이곳으로 피신을 하면서 다섯 명의 업소 여자들을

데리고 왔다.

모두 그가 운영하는 룸살롱에서 A급에 속하는 여자들이었다.

업소에는 큰 타격을 주지만 종태는 개의치 않았다.

어차피 신사동 파의 구역까지 차지하면 두 배나 매상이 오른다고 계산을 한 모양이었다. 물론 신사동 파 구역을 압구정 파가 모두 갖는 게 아니었다.

두 구역은 대치동 파와 공평하게 나눠질 것이다.

대치동 파의 입장에서는 손에 물 한 방울 묻히지 않고 큰 소득을 얻는 셈이었다.

기득춘이 여자들을 부르기 위해서 자리에서 일어났다.

여자들은 2층에서 지들끼리 모여 영화를 보는 중이었다.

술을 마시지 못하게 했다. 언제 종태에게서 호출이 올지 모르기 때문이었다.

꽈직!

엄청난 굉음이 정문 쪽에서 들렸다.

지진이 난 것 같기도 하고, 뭔가가 무너진 것 같기도 했다.

2층 계단을 올라가려던 득춘은 다시 내려와 밖을 확인하기 위해서 창문가로 갔다.

곳곳에 아름다운 조명이 켜져 있어 밖을 확인하기는 어렵지가 않았다.

밖을 본 득춘의 눈이 휘둥그렇게 변했다.

지프차 한 대가 창가를 향해서 곧장 달려오는 것이 아닌
가. 득춘은 자신도 모르게 뒷걸음질을 쳤다.

"으가가가, 행님, 뭐, 뭐하시는 겁니까."

기동은 안전대를 붙잡고 비명을 질렀다.

설마 도수가 이렇듯 무식하게 나갈 줄은 상상도 못했다.

도수와 기동이 종태가 있는 양평 별장에 도착한 것은 1시
간 전이었다.

그들은 종태가 별장 안에 있는 것을 확인하고는 근처 식
당에 들렀다.

간단하게 요기를 마친 둘은 다시 차에 올랐다.

이번에 운전대를 잡은 사람은 기동이 아닌 도수였다.

기동은 도수가 어떤 식으로 움직일지 궁금했다. 담을 넘
을까 아니면 종태가 잠든 틈을 타서 집안으로 잠입을 할까
그것도 아니면 밖에서 기다리다가 한 놈씩 해치울까.

어떤 식으로든 도수라면 할 수 있을 듯했다.

그런 기동의 예상을 도수는 보기 좋게 뒤집었다.

도수가 한 말은 안전벨트 매, 가 다였다.

그는 액셀을 강하게 밟았다. 바퀴는 헛바퀴를 돈 후 맹렬
하게 앞으로 튀어 나갔다.

그렇기에 지금 기동은 안전대를 잡고 비명을 지르고 있는
것이다.

안쪽이 보이는 철문 안에서 두 명의 사내가 담배를 펴고

있었다. 그들은 정장을 입고 두터운 외투를 걸쳤다. 서울보다 날씨가 춥기에 장갑과 목도리도 했다. 그들의 입에서 입김과 담배연기가 뒤섞여서 휘날렸다.

소음을 들은 그들의 고개를 돌려 철문 밖을 바라봤다.

헤드라이트 때문에 눈이 부신지 눈을 찡그리며 손을 들었다.

저 차가 미쳤나. 왜 이리로 오는 거야, 라는 표정들이었다. 이리 오지는 않겠지, 라고도 생각하는 듯했다.

지프의 속도가 점점 빨라졌다. 그제야 그들도 얼굴 근육들이 뻣뻣하게 굳었다.

쾅!

지프는 철문을 깨고 들어갔다. 철문이 젓가락처럼 휘며 양쪽으로 벌컥 열렸다.

도수와 기동의 몸도 심하게 흔들렸다.

안전벨트를 매고 있지 않았더라면 밖으로 튕겨져 나갔을지도 모를 충격이었다.

"아이고, 내 애마, 아직 할부도 안 끝났는데."

기동의 울음 섞인 비명이 애처로웠다.

"저, 저, 저!"

사내들은 말을 잇지 못했다. 몸을 피하지도 못했다. 지프는 그들을 그대로 들이받았다. 사내들의 몸이 붕 뜨더니 10여 미터를 날아서 눈밭에 쓰러졌다. 그들은 몸을 뒤집으며 비명을 질렀다.

지프는 계속해서 달렸다.

밖에까지 선명히 보이는 창문 안으로 소종태가 거만하게 앉아 있었다.

그의 눈도 동그랗게 커졌다.

창가로 다가오던 덩치 큰 사내는 기겁을 했다. 그가 뒤로 물러났다.

"늦었어."

지프는 얕은 둔덕을 튀어 올랐다. 허공에 뜬 지프가 창을 깨고는 밀려갔다.

등을 돌리려면 덩치 큰 사내는 들이받혀서 계단까지 튕겨졌다.

차에 받힌 것도 위험했지만 머리가 계단 모서리에 강하게 부딪친 것이 더욱 위험해 보였다.

끼이이익—

지프가 이리저리 미끄러지더니 양주를 가득 넣어 두었던 장식장을 박살내고서야 멈췄다.

수백만 원을 호가하는 비싼 양주들이 깨지면서 지프차 위에 떨어졌다.

종태는 얼이 빠진 것처럼 그대로 앉아 있었다.

덜컥.

도수가 차에서 내렸다. 조수석에서 기동이 내려 자신의 차를 매만지면서 슬퍼했다.

"아이고, 이걸 어쩌나, 보험이 될런가 모르겠다."

저벅저벅.

도수는 깨진 유리를 밟으면서 앞으로 걸어갔다. 깨진 유리에서 쩌저적 소리가 나며 다시 한 번 갈라졌다.

"너 이 개새끼. 내가 누군지 알고."

이제야 종태는 정신이 돌아온 모양이었다.

그는 벌떡 일어나더니 2층으로 후다닥 달려갔다. 분노하여 달려들 줄 알았더니 뒤로 내뺀다. 의외였다.

도수는 바닥에 흩어진 깨진 유리를 주운 후, 놈의 뒤를 쫓았다.

나무 계단을 밟자 삐걱삐걱 소리가 난다.

위쪽에서 어머, 오빠 무슨 일이에요, 이 소리를 뭐고, 라는 여자들의 목소리가 들렸다.

잠에서 덜 깬 두 사내가 옷도 제대로 챙겨입지 않고 방 밖으로 나왔다.

사각 팬티 바람에 흰색 민소매 티셔츠를 입었다.

팔과 다리에는 이상한 문향의 문신이 가득했다. 머리는 까치집을 했다.

"이 새끼, 너 뭐야!"

어째 하는 말들이 대동소이하다. 하나 같이 다른 단어를 언급할 줄 모른다.

두 건달은 동시에 계단을 내려왔다.

도수는 깨진 유리를 그들의 발밑에 던졌다.

급히 내려오던 그들은 송곳처럼 날카로운 유리 조각에 발

바닥을 찔리고 말았다.

"으아아악!"

한 사내가 그대로 주저앉았다.

그는 운이 좋은 편이었다. 다른 사내는 날카로운 부위가 하늘로 솟구쳐 잇는 유리를 밟았다.

그 유리는 사내의 발등을 뚫고 나왔다. 꽤나 깊이 박혔는지 피가 펌프질을 하는 것처럼 흘러 나왔다.

고통을 이기지 못한 그 사내는 발을 잡고 앞으로 고꾸라지고 말았다.

도수가 옆으로 비켰다. 사내는 계단을 굴러서 1층까지 내려갔다.

그는 기동이 있는 곳까지 내려간 후 멈췄다. 입에서는 처절한 비명이 터져 나왔다.

팔과 다리가 이상하게 꺾여서 혼자서 일어나지도 못했다.

이기동이 시끄럽다면서 발을 들어 놈의 머리통을 짓이겼다. 이마가 바닥에 강하게 부딪쳤다. 사내는 더 이상 울부짖지 않았다.

계단 끝에는 속이 훤히 비치는 잠옷을 입은 여자들이 다섯이나 몰려 있었다.

그녀들은 영화를 보고 있었던 모양이다. 50인치가 넘는 큰 화면에서 야릇한 장면이 나오고 있었다. 그녀들은 도수를 보며 귀가 떨어지게 비명을 질렀다.

도수가 인상을 찌푸리며 막 계단에 다 올라갔을 무렵이었다.

소종태가 갑자기 나타났다.

그녀들 때문에 잠시의 시야를 뺏긴 탓에 종태를 놓치고만 도수였다. 그는 1m가 넘는 긴 칼을 들고 있었다.

일본도였다.

얼마나 애정을 가지고 일본도를 닦았는지 날에서 광채가 번쩍였다.

그는 일본도를 양손으로 잡고 도수를 향해서 내려쳤다. 보기보다 빠르다.

도수가 옆으로 가까스로 비켜나자 서늘한 예기가 스쳐 지나갔다.

피하는 순간 일본도에서 풍기는 예기가 보통이 아님을 직감할 수 있었다.

일본도를 피했지만 도수의 등이 계단 벽 쪽에 닿았다.

"어디까지 피할 수 있나 보자."

소종태의 얼굴에서 진득한 살기가 피어났다. 반드시 도수의 목을 쪼개겠다는 의지가 피어났다. 놈의 일본도가 횡으로 그어졌다.

도수는 급히 고개를 숙였다.

일본도는 아슬아슬하게 그의 뒷머리를 스치고 지나가 벽을 쳤다.

일본도를 든 자와 싸우는 것은 처음이다.

쇠망치, 쇠파이프, 대걸레, 사시미 등을 들고 싸우는 자들은 많았지만, 지금까지 어렵지 않게 상대를 해 왔다.

상대들이 무기를 든다고 하더라도 도수의 긴 리치와 강력한 파괴력이 충분히 보완이 됐기 때문이었다.

하나, 일본도는 다르다. 그 압도적인 예기와 예상보다 훨씬 길게 뻗어 나오는 도의 길이는 도수조차 온전하게 피하기가 어려웠다.

도수가 놈의 사정거리 안으로 들어가기가 만만치 않은 것이다.

종태는 쉴 새 없이 일본도를 휘둘렀다.

도수가 안쪽으로 파고들려고 하면 곧바로 검을 회수해서 내려친다. 원체 긴 사정거리를 자랑하기에 도수는 피할 수밖에 없었다.

그것을 무시하고 팔을 뻗었다가는 대번에 동강나고 말 것이다.

계단에서는 불리하다.

도저히 놈을 잡을 수가 없었다.

도수는 계단 난간을 잡고 1층으로 뛰어내렸다. 종태가 그의 등을 향해서 일본도를 내려쳤다. 꽈직 소리가 나며 난간이 반으로 조각이 난다.

아무리 나무로 된 계단 난간이라지만 크게 힘을 들이지 않고도 깔끔하게 잘라 냈다.

엄청난 위력이 아닐 수 없었다.

"너 빨리 뒤로 물러나."

도수가 기동에게 외쳤다.

기동은 고개를 끄덕였다. 자신이 이곳에 있으면 일본도에 먹이가 된다는 것쯤은 금방 파악 할 수가 있었다.

그는 맨주먹을 가진 자들과의 싸움에서 우위를 점할 수가 있었지, 무기를 가진 자들에게는 약한 면을 보였다.

거구이기에 그만큼 움직임이 느렸다.

몸놀림이 재빠른 칼잡이들에게는 손쉬운 먹잇감이 될 수도 있었다.

기동이 찬바람이 쌩쌩 불어오는 창문 밖으로 나갔다. 아예 종태와 멀찌감치 거리를 뒀다. 깨진 창문 안으로 눈발이 세차게 들이쳤다.

난장판이 된 1층 거실에는 적막감마저 감돌았다.

종태가 일본도를 양손으로 쥐고 천천히 계단을 내려왔다.

그의 눈은 도수에게 고정되어 있었다. 애초에 기동은 그의 머릿속에서 없었던 모양이다.

"민태가 꽤나 좋은 놈을 영입했나 보군. 배포가 장난이 아니야. 일개 조직원 따위가 나를 직접 칠 생각을 하다니."

종태의 입술 끝이 올라갔다. 자신이 처한 상황이 우스운 것 같았다.

"뭔가 잘못 알고 있군. 나는 신사동 파가 아니야. 민태 형님과는 안면이 있지만."

"뭐? 그럼 넌 뭐야."

"나는 도수다."

"무슨 개소리야. 그럼 넌 뭔데 압구정 파와 신사동 파의 항쟁에 끼어들었냐고!"

"네놈에게 빚진 것이 있어서 말이야. 그것을 갚으려고."

"나는 너를 모르는데."

"본래 돈을 빌리거나 때린 놈은 기억을 못하는 법이지. 하지만 오늘…… 기억나게 해 주지."

도수는 부러진 고딕식 탁자를 한 손으로 집었다. 족히 15 kg 이상 나가고 손바닥을 벌려서 잡아야 하는데 도수는 너무도 손쉽게 탁자를 들어 올렸다.

탁자의 부러진 모서리가 가시처럼 날카롭다.

그것을 종태에게 던졌다.

종태는 피하지 않았다. 일본도를 머리 위로 들어 올려 힘 있게 밑으로 내려쳤다.

꽈직!

일본도와 고딕식 탁자가 충돌했다.

종태의 얼굴이 순식간에 일그러졌다. 멋지게 탁자가 반으로 쪼개질 것이라고 연상을 했었던 것 같다.

하지만 현실을 달랐다.

놈이 휘두른 일본도는 두꺼운 탁자를 반쯤 베다가 멈췄다. 탁자 사이에 끼인 것이다.

그 틈을 놓칠 도수가 아니었다. 그는 벽난로에서 튕겨져 나온 철로 된 불쏘시개를 들었다.

종태를 향해서 바로 찔렀다.

종태는 무심결에 팔을 들어서 불쏘시개를 막았다.

푸식!

불쏘시개의 뭉툭한 부분이 팔뚝의 전완근을 뚫었다.

도수가 불쏘시개를 옆으로 끌었다. 엄청난 힘에 의해 종태의 몸이 좌우로 흔들렸다.

억지로 버틴 그에게는 끔찍한 고통이 뒤따랐다.

전완근이 완전히 끊어졌다.

불쏘시개는 팔뚝의 바깥쪽을 뚫고 나왔다.

근육들이 한 줄까지 생생하게 뜯어진다. 피부가 찢기고 피는 분수처럼 솟구쳤다.

가장 멍청한 짓이었다.

일본도에서 손을 놓고 몸을 피해야 정상이다.

일본도가 자신의 가장 큰 무기라는 것을 알고 있기에 끝까지 잡고 있던 것이 그의 팔뚝을 너덜너덜하게 만들었다.

설마 불쏘시개로 인간의 근육을 찢을 줄은 상상도 하지 못했을 것이다.

"으아아아악!"

반쯤 잘린 팔뚝에서 엄청난 피가 불꽃놀이의 기구처럼 회오리쳤다.

그의 피는 어지럽혀진 거실을 더욱 험한 꼴로 만들었다.

그제야 종태는 일본도를 놓고 자신의 팔뚝을 부여잡았다.

씨익, 씨익, 거친 숨소리를 낸다. 도수를 바라보는 눈빛은 살벌하기 짝이 없었다. 뜯어진 팔의 근육으로 인해서 손가락 하나도 움직일 수가 없었다.

도수는 코웃음을 쳤다.

일본도라는 큰 무기를 잃을 이상 종태는 더 이상 자신의 상대가 아니었다.

그에게 다가갔다.

팔뚝을 부여잡은 종태는 어금니를 물며 뒤로 물러났다. 힐끗 뒤를 쳐다보는 것으로 보아 도주로는 찾는 듯했다.

어림도 없는 소리.

도수가 빠르게 움직이자 그가 냉큼 뒤로 뛰었다. 그러나 그가 갈 수 있는 곳은 한정되어 있었다.

깨진 유리 밖으로는 기둥이 버티고 있었고, 현관문은 굳게 닫혔다.

2층으로 올라가야만 한다.

그가 2층의 계단으로 몇 발자국 옮기지 않았지만 뒷덜미가 도수에게 잡히고 말았다.

도수는 뒷덜미를 당기자 종태는 거실 바닥에 나동그라졌다. 그의 몸에 깨진 유리들이 박혔다.

"으으으윽."

그는 팔뚝을 잡고 허리 힘만으로 억지로 몸을 일으켰다.

도수가 다가와 그의 등을 발로 밟았다. 힘없이 가라앉았다.

"너 이 개새끼, 내가 누군 줄 알고."

자신이 처한 상황을 모르는 것일까. 끝까지 협박이다.

"잘 알지. 소종태. 10년 전 일식집에서 기도로 있던 놈, 그동안 많이 컸네, 조직의 두목 자리도 꿰차고. 어쨌든 나에게는 다행이야. 네놈이 비리비리 한 상태로 있었다면 당한 만큼 되돌려 주는데 김이 빠졌을 테니까. 그 정도는 올라서야 미끄러지는 아픔도 크지 않겠어."

"네, 네놈이 그것을 어떻게."

조직원들 대부분이 종태의 과거를 모른다.

밑바닥부터 시작해서 지금의 자리에 올랐다고는 알고 있지만, 일식집에서 기도를 한 일까지 세세하게는 알지 못하는 것이다.

당시의 일을 알고 있는 자들은 극히 드물었다.

"아직도 내가 누군지 기억 안 나나?"

도수는 종태 앞에 쭈그리고 앉았다.

그는 종태의 턱에 손가락을 대고 위로 끌어당겼다. 턱이 당겨지자 도수와 눈이 맞닿았다.

굴욕적인 자세여서인지 종태는 온몸을 부들부들 떨었다. 지난 5년 간 과연 누가 자신에게 이런 자세를 요구할 수가 있었을까.

"기억해 봐. 그래야 나도 기분이 좀 나아질 것 아닌가. 기억도 못하는 놈을 무작정 묻어 봤자 나아질 기분도 아니고."

도대체 뭘 기억하란 말인가.

그에게 원한을 지고 있는 사람은 열 트럭에 채워도 모자랐다.

그에 의해 집이 경매에 넘어가 아스팔트 위로 쫓겨난 사람들도 부지기수였고, 건물을 통째로 뺏겨서 자살을 한 사람도 있었다.

일일이 따지자면 한도 끝도 없었다.

"10년 전 이맘 때쯤일 거야. 꽤나 추운 날이었지."

도수의 말에 종태의 머릿속에서 누군가가 스치고 지나갔다.

당시 나진 기업의 마케팅 실장으로 있던 김형태를 찾아왔던 놈하고 얼굴이 비슷했다.

하지만 그자는 훨씬 왜소하고 말랐다. 닮은 것이라고는 장대처럼 큰 키뿐이었다.

"서, 설마 그때 그놈?"

"아, 기쁘군. 드디어 기억해 냈나 보네. 네가 생각하는 그자가 맞을 거야. 왜 그런 눈으로 보지? 너무 많이 변해서인가. 아니, 난 그때 그대로야. 단지, 외모만 조금 바뀌었을 뿐이지."

"마, 말도 안 돼. 어떻게 이런 일이."

이 자식은 10년 전 원한으로 지금껏 살아왔다는 말인가. 완전히 180도 사람이 바뀌어서?

종태의 눈에서 경악스러움이 서렸다.

도수가 10년간 교도소에 있던 사실을 알지 못하는 그로서는 당연한 일이었다.

"자, 이제 나를 기억했으니 시작해 보자고."

"무, 무엇을."

점차 종태의 눈에서 두려움이 떠올랐다.

팔목에서 아직도 피가 흘러나오지만 고통도 느끼지 못했다.

10년 동안 자신을 잡기 위해서 음지에서 숨어 있었을 도수의 집념이 두려웠다.

도수가 허리를 펴고 일어났다.

그는 다리를 들어서 종태의 뒤통수를 밟았다.

강하게 밟은 것이 아니었다. 놈의 얼굴에 깨진 유리 조각들이 천천히 박혀 들어갔다.

"우우욱, 우우우욱."

입을 벌리면 깨진 유리 조각이 들어가기에 입술을 꽉 깨물어야 했다.

유리 조각이 입술을 찢고 얼굴에 피부를 찢어 냈다.

금방 종태의 얼굴은 피범벅이 되고 말았다. 피부를 찢은 유리 조각들이 얼굴 근육 사이로 파고들었다.

도수가 발바닥을 비틀었다. 종태의 얼굴도 옆으로 비틀렸다.

그의 눈동자에 엄지손톱만 한 유리 조각이 삐죽 나와 있었다.

유리 조각이 점차 그의 눈동자에 다가갔다.

"으으읍, 으으으읍."

종태가 아우성을 쳤다.

그러나 도수가 누르는 힘이 너무 강해서 꼼짝도 할 수가 없었다. 10톤 바위가 자신을 누른다고 느낄 정도였다.

유리조각이 종태의 눈을 찌르기 바로 전에 멈춘다.

1㎝도 안 되는 짧은 거리.

뒤통수에서 느껴지는 힘이 약해지자 종태는 자신도 모르게 크게 한숨을 내쉬었다.

"이기동!"

도수가 기동을 불렀다.

숨을 죽이고 상황을 지켜보던 기동이 네, 라고 대답을 하고는 바로 달려왔다.

"종이와 펜 가지고 와."

"알겠습니다."

왜냐고 묻지도 않았다.

기동은 도수가 시키는 대로 차를 뒤져서 종이와 펜을 가지고 왔다.

종이와 펜을 받은 도수는 그것을 종태의 앞에 놓았다.

"사업장을 민태 형님에게 넘긴다고 자필로 남겨."

도수의 말을 들은 종태가 움찔거렸다.

"미, 미친 새끼."

도수가 발을 들어 그대로 종태의 뒤통수를 밟았다.

바로 코앞에 있던 유리 조각이 그의 눈동자에 박혔다.

"크아아아악!"

협박용으로 생각했던 것일까. 아주 짧은 판단의 실수가 한쪽 눈을 잃고 말았다.

너무 큰 고통과 이제는 한쪽 눈 없이 살아야 한다는 괴로움에 몸부림을 쳤다.

도수는 무릎으로 그의 등을 고정시켰다.

한 손으로 그의 머리채를 잡고 다시 유리 파편을 얼굴 앞에 가져다 놓았다. 조금 전보다 훨씬 뾰족한 유리들이 가득하다.

종태는 공포에 젖어서 외쳤다.

"살려 줘, 제발 부탁이야. 뭐든지 하라는 대로 할게, 살려만 줘. 예전일은 미안해. 사과해, 진심이야. 무릎을 꿇으라면 꿇을게."

"그럼 직접 적어."

도수가 종태의 손에 볼펜을 쥐어 주었다. 손을 놓자 팔목에서 다시 피가 흘러나왔다.

도수는 종태가 입고 있던 카디건을 찢어서 지혈을 해 주었다.

쇼크로 여기서 죽어서는 안 되니까.

얼굴에서도 피가 뚝뚝 흘러 더 이상 그의 본 모습을 알아볼 수가 없었다.

종태는 덜덜 떨리는 손으로 도수가 말하는 그대로 적었다.

다 적고 나서 지장도 찍었다. 각서를 쓴 종이를 기동에게 넘기는 도수였다.

"기동아."

"네, 형님."

"너희 변호사 끼고 있지?"

"네? 아, 네. 전문 변호사가 있습니다."

"이놈 데리고 그한테 가. 합법적으로 놈에게서 모든 사업장을 받아내. 백 원 하나 남기지 말고 탈탈 털어. 빤스도 입지 못하게 쫓겨나도록. 그리고 처리해."

"처리하라는 말씀은?"

"알아서 하라는 말이야."

죽이라는 말은 하지 않았다.

자신의 일은 여기까지니 나머지는 신사동 파에서 알아서 하라는 말이었다.

종태는 팔을 잡고 덜덜 떨고 있었다.

얼굴에서 피가 뚝뚝 흘러내리지만 닦을 생각도 하지 못했다.

얼굴에 손을 댈 수도 없었다.

상당한 양의 유리 파편이 박혀 있어 급히 병원에 가서 수술을 받아야 할 듯했다.

또한 한쪽 눈동자에도 유리가 박혀 있지 않은가.

"가자."

기동이 종태의 팔과 다리를 묶고는 뒷좌석에 태웠다. 그는 힘없이 끌려갔다.

"형님은 같이 안 가시나요?"

"먼저 가. 나는 조금 있다 올라가지."

"알겠습니다. 오시면 바로 연락 주십시오."

도수는 고개를 끄덕였다.

기동이 운전석에 앉아서 시동을 걸었다.

충격 때문인지 시동이 잘 걸리지 않았다.

엔진 돌아가는 끼끼끽, 소리가 몇 번이나 나왔다.

세 번 만에 시동이 걸렸다.

기동은 휴, 한숨을 쉬었다. 일단 엔진이 망가지지 않았으니 크게 보험료가 나오지 않으리라 여겼다.

그는 뒤를 보며 후진했다. 보닛 위에 잔뜩 쏟아져 있던 깨진 유리 파편들이 우수수 바닥에 떨어졌다. 앞 범퍼가 상당히 찌그러져 있었다. 보험에 들어 놓지 않았다면 꽤나 수리비가 나왔을 것이다.

기동의 지프는 아름답게 장식을 해 놓았단 정원을 쑥대밭으로 만들고는 밖으로 나갔다.

도수는 담배를 입에 물고는 종태의 별장 밖으로 나왔다.

눈발이 그의 얼굴을 때렸다.

작아서 차가운 기운은 느껴지지가 않았다. 서울과는 다르게 확연하게 별들을 볼 수가 있었다.

그는 불 꺼진 도로를 걸었다.

종종 음식점이 보였지만 간판불만 켜져 있을 뿐 영업은 하지 않았다.

도수는 계속 걸었다.

조금씩 하늘이 밝아졌다. 동이 트고 있었다.

밤새 내리던 눈발도 약해졌다. 아직 사람들이 밟지 않은 눈을 도수가 밟고 걸어갔다.

서울까지 이러고 갈 생각은 아니었다.

그저 걷고 싶었다. 입안이 쓰다거나, 후회를 한다는 것도 아니었다.

조금 허무할 뿐이었다.

10년간 놈들을 몇 만 번이나 생각하면서 살아왔건만 종 태는 아니었다.

완전히 자신을 잊어버리고 있었다.

기억 끝자락 까마득한 곳에 넣어 두고는 꺼내 보지도 않 았다. 자신은 그들에게 겨우 그런 존재였던 것이다.

다른 놈들을 만나 봐도 똑같을 것이다. 자신을 기억하는 사람은 한 명도 없을 것이 확실했다.

도수는 우뚝 섰다. 그의 앞에는 오랜 시간 그 자리를 지 켜 온 소나무 한 그루가 서 있었다.

남들은 기억할지 모르지만 항상 이 자리에 서 있었을 소 나무였다.

그래, 남들이 기억하지 못한다면 기억을 해 주게 하면 되 는 것이다.

다시는 잊어버리는 머릿속에 도장처럼 쾅쾅! 찍어 주겠 다.

도수의 눈동자에서 다시금 살기가 생겨 났다.

방금 전까지와는 같은 인물이라고 볼 수가 없을 정도였다.

그의 비릿한 웃음을 본 까마귀들이 동이 트는 하늘을 향해서 울부짖었다.

9.

햇볕 좋은 날

CITY OF
WILD BEAST

도수는 기현의 병문안을 왔다.

그의 얼굴색은 창백했지만 표정은 나쁘지 않았다.

민태도 휠체어에 기대어 왔다 갔다고 한다.

병원에서는 절대 안 된다고 했지만 그의 고집은 꺾지 못했을 것이다.

기현은 4시간에 걸쳐서 대수술을 받았다.

중요 장기는 괜찮았지만 장을 찔러 변이 퍼졌다.

그것을 모두 제거하지 않으면 죽었을 것이다.

의사의 말로는 30분만 늦었어도 생명을 장담하지 못했을 것이라고 하였다.

기현의 옆에는 민희가 앉아 있었다.

그녀는 도수를 보며 인사를 하고는 얘기들 나누세요, 라고 말하고 자리를 비켜 주었다.

"팔자 좋군."

도수가 사 가지고 온 음료수를 냉장고 위에 놓으며 말했다.

기현이 억지로 일어나려고 하자 도수는 그의 어깨에 손을 얹어서 고개를 저었다. 그냥 있으라는 의미였다. 고개를 끄덕인 기현이 다시 누웠다.

"홋, 다 형님 덕분이지요. 설마 종태를 직접 칠 줄은 상상도 못했습니다."

"놈들도 민태 형님을 노렸지 않나."

"그거야 예상치 못한 습격이었고, 종태 놈은 완벽하게 수비벽을 쌓아 두고 있었죠. 본래 장기에서도 왕을 치려면 졸부터 처리하지 않습니까."

"운이 좋았을 뿐이야."

"기동이한테 다 들었습니다. 다짜고짜 지프차로 밀고 들어갔다면서요? 오줌 쌀 뻔했다더군요. 더군다나 종태 놈은 일본도를 들고 휘두르고요. 제가 그 자리에서 직접 봤어야 하는데. 동생들이 형님 한 번만 보고 싶다고 난리도 아닙니다. 시라소니가 살아 돌아왔다고요."

"너무 미화를 시키는군. 운이 좋았을 뿐이야."

도수는 손을 휘휘 저었다. 그 일에 대해서는 그만 말을 하라는 얘기였다.

눈치 빠른 기현이 그것을 못 알아들을 리가 없었다. 그는 고개를 끄덕이고는 빙그레 웃었다.

신사동 파가 살아난 것은 90퍼센트 이상 도수의 덕분이 었다.

그가 이번 일에 끼어들지 않았다면 자신은 죽었을 것이고, 민태의 생사도 장담하지 못했다.

또한 조직은 와르르 무너져 압구정 파에 흡수당했을 것이 뻔했다.

밑에 동생들은 놈들을 피해 뿔뿔이 흩어졌을 것이고.

신사동 파 입장서는 도수가 은인이나 마찬가지였다.

"민태 형님이 꼭 좀 한 번 오시라고 하더군요. 아니면 꿰 맨 배가 다시 터져도 형님 찾아갈 거라고."

민태는 정말로 그럴 사람이다. 허투루 들어서는 안 된다.

도수는 알았다고 대답했다.

기현의 병문안을 마치고 민태가 입원한 병원으로 가 볼 생각이다.

"일은 어떻게 됐나?"

"이렇게 잘될 수도 없습니다. 소종태의 영향력이 있던 모 든 구역이 저희 쪽으로 넘어왔습니다. 직접 변호사를 찾아 가서 인감도장을 찍었지요. 그는 이제 끝입니다. 더 이상 이 바닥에 발을 붙이지 못할 겁니다. 용을 써 봐야 아무도 모르는 변두리 업소에서 양아치 짓이나 하겠죠. 압구정 파 말단들은 저희가 맡기로 했습니다. 그들이야 아무것도 모르 고 이번 항쟁에 휩쓸렸을 테니까요."

"잘됐군."

십대 후반부터 이십대 초반의 말단 조직원들은 위에서 까라면 까야 한다.

사람을 죽이라고 하면 그렇게 해야 하고, 누군가를 칼로 찌르라고 시키면 역시 따라야 한다.

말단 조직원들에게 자유 의사란 존재치 않았다. 물론 조직마다 규율이 다르지만.

민태가 거느리고 있는 신사동 파는 압구정 파보다 훨씬 자유로웠다.

중간 보스급인 기현도 말단 애들을 데리고 종종 같이 소주잔을 기울일 정도였다.

압구정 파에서라면 상상도 못할 일이었다.

그렇다 보니 신사동 파가 위험에 처해 있을 때 이탈자가 적었던 것이다.

적어도 강남 삼대 조직 중에서는 가장 의리와 신의가 있다고 보면 된다.

"염진혁이란 놈은?"

"도망갔습니다. 애들이 찾고 있지만 어디로 숨었는지 보이지 않습니다."

"가장 위험한 놈이지 않나?"

"맞습니다. 언제 어떻게 등 뒤에서 칼을 꽂을 줄 모르는 작자입니다. 반드시 잡을 겁니다. 걱정하지 마세요."

"일단락된 건가?"

"음, 그게 좀."

기현은 말끝을 얼버무렸다. 말을 해야 하는지, 말아야 하는지 고민을 하는 모양이었다.

"또 무슨 일이 있나?"

기현이 고개를 들었다.

말을 하기로 마음먹은 표정이었다. 도수가 비록 조직의 일원은 아니나 은인이다.

그로 인해서 모두가 구원을 받았다.

최소한 그에게 비밀이 있어서는 안 된다고 기현은 생각했다.

"대치동 놈들이 딴지를 걸어서요."

"뭐라고?"

"이번에 소종태에게 받은 업소의 반을 자신들에게 내놓으랍니다. 원래 그렇게 얘기가 되어 있다고요."

"미친놈들이군. 계약은 되어 있었나?"

"그런 게 어디 있습니까. 그냥 그렇게 우기는 겁니다. 하긴, 저희가 압구정 파를 흡수했으니 놈들도 위기감을 느낄 겁니다."

"대치동 애들이 가장 세력이 큰가?"

"그렇습니다. 강남 삼대 조직이라고 하지만, 놈들의 세력이 압구정과 저희 쪽을 합친 것만큼 큽니다."

"이상하군. 그렇게 큰 세력이라면 왜 진작 너희들의 구역을 먹지 않았지?"

"저도 모르죠. 뭔가가 이유가 있을 겁니다. 저희가 모르는 뭔가가."

"그래서 어쩔 생각이지."

"한 발자국도 물러서지 않을 생각입니다. 걱정하지 마십시오. 놈들도 강짜를 놓고 있기는 하지만 함부로 움직이지 않을 겁니다. 대치동 파의 보스인 김종민이 곧 있을 국회의원 선거에 나갈 생각이거든요. 어지간하면 큰일 없이 조용히 처리하려고 할 겁니다."

도수는 코웃음을 쳤다.

아무리 대한민국의 정치인들이 꼴통 짓거리를 하고 있다고 하지만, 조직폭력배까지 정치인이 된다고 설친다는 말인가. 어처구니가 없었다.

"황당하군."

"그렇죠? 저도 황당합니다. 처음 그 소리를 들었을 때 김종민이 미친 줄 알았습니다. 그래도 위험한 것은 사실입니다. 만약 놈이 국회의원에 당선이 된다면 저희 신사동 파가 무너지는 것은 시간문제일 겁니다. 놈은 어떤 식으로든 저희를 잡아넣으려고 혈안이 될 테니까요."

도수는 고개를 끄덕였다.

김종민이라는 작자가 자신의 조직만 일반 기업으로 탈바꿈시켜 놓고 신사동 파를 몰아세운다면 공권력이 움직이지 않을 리가 없었다.

그렇게 된다면 신사동 파의 조직원들은 있지도 않는 죄를 뒤집어쓰고 줄줄이 교도소로 직행할 것이다.

"일이 끝난 줄 알았더니 더 큰일이 남아 있었군."

"네, 하지만 걱정 안 하셔도 됩니다. 민태 형님은 예전부터 저희 조직을 기업으로 변경시켜 코스닥에 등록시키려고 했었으니까요. 일반 기업이 되면 아무리 김종민이라고 하더라도 함부로 저희들을 건들 수는 없을 겁니다."

과연 그럴까?

사람 죽이는 일도 서슴지 않게 하는 놈들이 단순히 기업으로 이름만 바꾼다고 해서 가만히 내버려 둘까. 뭐, 알아서 하겠지. 기현이 민태 형님의 곁에 있으면 쉽사리 무너지지 않을 테니까.

"알았다. 몸조리 잘해라."

"아, 가시게요? 죄송합니다, 형님. 마중을 나가야 되는데."

"쓸데없는 소리 말고 푹 쉬기나 해."

"알았습니다. 아, 형님, 요즘 어디서 지내십니까?"

도수는 며칠째 모텔에서 지내고 있었다.

오피스텔로는 가지 않았다. 간다고 하더라도 별일이 없을 것 같지만, 경찰들이 찾아오거나 하면 골치 아파진다. 어쨌든 그곳에서 6명이나 큰 사상자가 났으니까.

형사들은 도수를 의심스럽게 생각할 것이다.

출소한 지 얼마 되지 않은 도수가 그런 고급 오피스텔에 머무르는 것 자체가 그들에게는 이해가 되지 않을 것이다.

어떤 식으로든 연결을 시켜서 자신을 잡아넣을지도 몰랐다.

"그냥 되는 대로."

"기동에게 연락 한 번만 해 보십시오. 민태 형님이 형님 머무를 곳을 마련했다고 합니다. 이번 일에 대한 성의니까 거절하지 마십시오. 거절하면 저 삐질 겁니다."

참으로 어울리지 않는 말이다. 삐질 거라니.

고개를 끄덕인 도수가 병실 문을 나섰다.

병실 앞에서 현민희가 기다리고 있었다.

그녀는 만화 캐릭터가 그려진 분홍색 티셔츠에 빨간 카디 건과 몸매를 드러내는 청바지를 입고 있었다.

화장은 하지 않았는지 청초하다. 잠을 자지 못해서인지 눈 밑에는 다크서클이 진하게 드리워졌다.

하긴, 그녀가 얼마나 놀랐을지 짐작이 간다. 결혼식만 하지 않았지 부부나 다름없는 사이가 아니던가.

기현이 죽을지도 모른다는 연락을 받았을 때 그녀는 제정 신이 아니었을 것이다.

"얘기 다 끝나신 건가요?"

민희가 물었다.

목소리는 밝았다.

기현이 몇 주만 더 입원했다가 퇴원해도 괜찮다는 소리를 들었으니 마음이 많이 진정됐을 것이다. 많이 야위었지만 표정은 나쁘지 않았다.

"네."

도수는 고개를 끄덕였다.

"더 무슨 할 일 있으세요?"

"무슨 말씀이신지…….."

"좀 한가해지셨으면 유정이에게 연락 좀 해 달라고요."

"아, 유정."

그러고 보니 며칠째 핸드폰을 꺼 놓고 있었다. 아니, 밧데리가 없어서 꺼졌다고 보면 된다. 다시 켜 놓는다고 생각도 하지 못했다.

오늘 오전에야 겨우 켰지만 기현과 통화하느라 유정을 잊고 있었다.

"걔 걱정이 이만저만이 아니에요. 도수 씨가 갑자기 연락이 안 된다고요. 웬만하면 다른 사람한테 아쉬운 소리를 하는 애가 아닌데 어제 새벽 2시에 전화가 왔더라고요."

"폐 끼쳐 드려서 죄송합니다. 곧 연락하겠습니다."

"혹시 유정이하고 사귀는 사이세요?"

민희가 조심스럽게 물었다.

"아닙니다. 그럴 처지가 아닙니다."

"유정이는 도수 씨를 꽤 깊게 생각하는 것 같던데…….."

"……."

도수는 어떤 말도 하지 못했다.

그녀에게 당당하게 나설 자신이 없었다.

자신이 어떤 사람이고, 어떤 일을 해야 하며, 어떤 짓을 했는지 설명할 자신도 없었다.

그녀에게 큰 호감을 가지고 있는 것은 사실이지만, 그렇다고 나서서 그녀를 갖고 싶다는 생각은 없었다.

여기까지가 좋다.

이 선을 넘어가기에는 미래가 두려웠다. 아무것도 지킬 것이 없고, 아무것도 바라지 않을 것이다.

어떤 사랑도 자신에겐 사치라고 여겼다.

도수를 가만히 바라보던 민희가 말을 이었다.

"좋은 애에요. 열혈 기자죠. 하지만 연애에는 숙맥이에요. 대학교 때 크게 데인 적이 있거든요. 그래서인지 그동안 마음을 닫고 살았어요. 잘해 주세요."

"명심하겠습니다."

도수는 민희에게 고개를 숙이고 등을 돌렸다. 그녀가 그의 넓은 등을 바라보다 병실 문을 열고 안으로 들어갔다. 더 이상 민희의 시선이 느껴지지 않았다.

도수는 핸드폰을 꺼내서 열었다. 유정에게서 부재 중 통화가 다섯 번이나 와 있었다.

—도수 씨, 뭐하세요.

—도수 씨, 바빠요?

—오늘 저녁에는 뭐하세요.

—연락이 없으시네요.

—저랑 연락하기 싫으세요?

이렇게 다섯 문자도 와 있었다.

어쩐지 그녀에게 미안해졌다. 너무 정신이 없어서 그녀를 잊고 있었다고 말을 하지 못할 듯했다.

도수는 엘리베이터를 타고 병원 1층으로 내려왔다. 일단 밖으로 나갔다.

뭐라고 말을 해야 할지 곰곰이 고민했다. 몇 번이나 앞뒤 말을 이어 보지만 변명처럼밖에 들리지 않았다.

"큼큼."

도수는 목소리를 가다듬었다.

전화번호를 눌렀다. 상대방에게서 신호음이 흘렀다.

젊은 세대는 컬러링을 넣는다고 하던데 유정은 보통의 신호음이었다.

—여보세요.

유정의 목소리가 들렸다.

평상시처럼 애교 있고 활발한 목소리가 아니었다. 자신 때문에 그런 것이 아닌가 덜컥 겁이 난다.

"접니다, 도수."

—네, 알아요. 어쩐 일이세요?

아, 어쩐 일. 뭐라고 대답을 해야 하지, 뭐라고?

갑자기 머릿속에 암전이 된 것처럼 모든 불이 꺼졌다.

뭐라고 대답을 해야 하지만 어쩐 일이세요, 라는 말에 대답할 말이 떠오르지 않았다.

그냥요, 안녕하셨어요, 오랜만이죠, 끊을까요? 등 어떤 말도 그녀에게 만족을 주지 못할 것 같았다.

"죄송합니다."

이 말밖에는 할 도리가 없었다.

—뭐가요?

뭐가요라…… 또다시 말문이 막혔다.

평범한 연애를 하는 남자들이 가장 듣기 싫어하는 말 중에 하나가 뭐가? 뭐가요? 잘못이 뭔데? 라는 것을 도수가 알 리 없었다.

"그, 그게."

—호호호호, 아이 참. 왜 그렇게 목소리가 죽어 가요. 난 또 도수 씨가 동생 일 때문에 제가 싫어졌나 걱정했잖아요. 전화도 안 오고.

갑자기 유정의 목소리가 밝아졌다. 아주 쿨하고 털털하고 웃음을 짓더니 오히려 도수를 걱정했노라고 말했다. 더욱 미안해지는 도수였다.

"며칠간 너무 바빴습니다. 죄송합니다. 연락을 드렸어야 하는데."

—아니에요. 남자가 바쁘면 좋죠, 뭐. 그런데 취직하셨어요?

"네? 아, 아닙니다."

—후후, 설마 노느라 바쁜 것은 아니겠죠? 보기에는 노는 것을 전혀 좋아하지 않는 것 같은데.

"안 좋아합니다."

—알았어요. 묻지 않을게요.

활화산처럼 타오르는 성격과 대비가 되게 배려도 상당했다.

도수가 말을 얼버무리자 바로 말을 돌린다. 눈치도 빠른 듯했다.

그녀와 있으면 마음이 편해지는 이유이기도 했다.

사회생활이 전무한 그를 유정이 맞춰 주고 있다고 해야 하나, 그런 느낌이 강하게 들었다.

"제가 저녁을 사죠."

도수는 큰마음을 먹고 말했다.

—오늘이요?

"네. 아, 바쁘시면 다음에 해도 됩니다."

—취재를 가긴 가야 하는데…… 혹시 저랑 같이 가실래요?

"취재를요?"

—네, 같이 취재를 갔다가 저녁 같이 하죠.

"제가 따라가도 되는 곳입니까?"

—그럼요. 세상사람 모두에게 보여 주고 싶은걸요.

"도대체 무슨 취재이기에……."

—사회의 참혹함이요.

도수는 민태가 있는 병원을 찾았다.

형수인 소희가 도수를 맞았다.

상현과 원희가 삼촌 오셨어요, 라며 배꼽 인사를 한다.

도수는 웃으며 아이들에게 장난감 선물을 주었다. 아이들이 매우 좋아한다.

아이들은 그것을 가지고 병실 한쪽 구석에 깔아 놓은 돗자리에 앉아서 놀았다.

"휴, 도수 씨 덕분에 살았네요. 아들들이라 어찌나 극성맞은지 지금까지 정신이 하나도 없었어요."

소희가 싱그럽게 웃으며 말했다.

그녀의 충격도 많이 가신 모양이었다.

그녀는 민태가 칼에 찔리는 것은 현장에서 목격했다.

그 정신적 충격이란 상상을 초월할 정도였다. 신경과 의사는 그것을 핵탄두에 비유하기도 했다. 핵탄두가 떨어졌을 때와 충격이 비슷하다나.

그런 충격을 받았을 터인데 지금의 소희는 건강해 보였다. 정신적으로나 육체적으로나.

민태가 회복되는 단계였기에 마음이 놓인 듯했다.

"오, 형제. 정말 보고 싶었다, 어서 이리로 와 앉아."

민태가 웃으며 팔을 벌렸다.

언제부터 민태와 형제가 됐는지 모르겠다.

어쨌든 혈색도 좋고 건강한 모양이었다.

며칠 전부터는 조금씩 죽을 먹기 시작했다고 한다. 조금 야위기는 했지만 위독해질 일은 없을 것 같았다.

도수가 그에게 다가갔다.

민태는 싱글싱글 웃으며 도수를 뚫어지게 쳐다봤다.

"옷 꼴이 왜 그러나."

"요즘 갈아입지 못해서……."

"하긴 그동안 자네가 가장 바빴지. 참, 감사의 인사는 해야지."

민태가 억지로 몸을 일으켰다.

도수가 일어나지 말라고 그를 붙잡았지만, 괜찮다면서 고개를 흔들었다. 그는 무릎을 꿇고서 도수에게 90도로 인사를 했다.

"정말 고맙네. 자네 덕분에 많은 생명을 살릴 수가 있었어."

"이러지 마십시오. 제가 할 일을 했을 뿐입니다."

"아무리 자네가 종태와 악연이 있다고 하더라도 이렇게 발 벗고 나서지는 못하지. 거의 모든 사람들이 말이야."

기동에게 종태와 자신에 악연에 대해서 들은 모양이다.

민태는 자세를 바로 했다.

소희가 다가와 그의 등에 베개를 놓아 주어 최대한 편한 자세를 유지하게끔 했다. 아직 움직일 때마다 고통이 있는지 민태는 얼굴을 찡그렸다.

민태는 도수의 손을 잡았다.

"부탁이 있네."

맨주먹으로 조직의 보스까지 올라선 사내의 눈동자가 애절했다.

부탁이라고 했지만 그 부탁의 의미가 굉장히 무겁게 어깨를 눌렀다.

"싫습니다."

도수는 그의 얘기를 듣지도 않고 거절했다.

　보나마다 마야 클럽을 운영해 달라고 말을 할 것이 빤했
다.

　"들어 보고 거절하게."

　민태는 도수의 손을 꽉 잡았다. 손바닥의 온기에서 그의
진심이 느껴졌다.

　"말씀해 보십시오."

　"어찌 보면 얼토당토아니한 얘기일 수도 있지. 기현의 선
배인 형수가 들으면 자리를 박차고 나갈지도 몰라. 말도 안
된다면서. 다른 애들도 마찬가지고."

　무슨 얘긴데 이리도 뜸을 들이는 것일까.

　"우리 신생 신사동 파를 좀 맡아 주게."

　갑자기 뒤통수를 크게 맞은 것 같은 느낌이 들었다.

　상상도 하지 못했던 말이 민태의 입에서 나왔다.

　"이번 일로 확실하게 느꼈어. 내 사람과 그렇지 않은 사
람들을 말이야. 중간 보스급인 지환이 자식도 배신하고, 형
식이는 너무 약했어. 경태 놈은 수수방관했지. 언제 자신의
몸을 뺄까 하고 말이야. 그나마 앞장서서 종태 놈과 붙은
것이 기현이야. 그놈 참, 의리 있지. 머리도 좋고. 한 10년
빠르면 5년 정도만 그렇게 커 나가면 조직의 우두머리도 될
수 있을 거야."

　"……"

　도수는 잠자코 있었다. 아직 그의 말은 사설이다. 본론으

로는 들어가지 않았다.

먼저 카드를 내보인 상태에서 도수에게 납득할 만한 설득을 하려고 한다.

"하지만 말이야. 우리 조직은 자네와 같은 압도적인 존재감이 필요해. 솔직히 말하지. 자네는 우리 조직의 영웅이야. 마야 클럽에서 있던 일, 소종태를 치러 갔던 일, 거의 전설처럼 화자가 되고 있어. 모두가 자네를 보고 싶어서 안달이 나 있어."

"그거랑 제가 조직을 맡는 거랑 무슨 상관이 있습니까."

민태는 아내를 바라보고, 장난감을 가지고 피융, 피융 하고 있는 아이들을 봤다.

그들을 바라보는 눈빛이 애틋하다.

"나는 가족들에게 몹쓸 짓을 했어. 그날 아내와 아이들이 봤던 장면은 꽤나 충격적이었나 봐. 우리야 항상 있는 일이라 대수롭게 넘길 수 있지만, 아내와 아이들은 그렇지 않았어. 지금이야 저렇게 장난감을 가지고 놀지만 당시에는 실어증까지 걸릴 정도였지. 아내와 아이들을 보며 난 처음으로 이 세계에 회의를 느꼈어."

도수는 설마, 라는 단어를 떠올렸다.

그러고 보니 민태의 괄괄했던 말투가 한풀 꺾여 있었다.

뭐랄까, 부드러워졌다고 할까. 고목나무 같았던 그는 이제 이곳에 없었다.

아이들을 사랑하고 아내를 아끼는 한 가정의 가장이 남아 있을 뿐이었다.

"나는 말이야……."

아이들을 바라볼 때와는 다르게 도수를 바라볼 때의 눈빛은 굳은 의지가 담겨 있었다.

"은퇴하겠네."

"은퇴라니요, 나이가 몇인데."

"이제 그만큼 피를 보고 살았으면 됐어. 지방에 커피 전문점을 하나 차릴 생각이지. 북 카페를 해 보면 어떨까 해. 아내가 책을 꽤나 좋아하거든. 이제는 아이들을 위해서 살아야지."

이미 마음을 굳힌 모양이었다.

도수가 왈가불가할 일이 아니었다.

단지 도수에게 맡겨질 의무가 상당히 부담스러웠다.

그는 끝마치지 못한 일이 산더미처럼 남아 있었다.

그 일을 끝내지 못한 채 다른 일을 하고 싶은 생각이 없었다.

그의 마음을 알았을까, 민태는 말을 이었다.

"기현에게 얼핏 들었지. 자네를 큰집에서 10년 동안이나 썩게 만든 놈이 있다면서? 나도 자세한 것은 몰라. 그저 동생이 아주 억울한 일을 당했다는 것 정도만 알지. 그중에 하나가 종태였고. 좋아, 당한 것이 있으면 갚아 줘야 하는 것이 당연한 이치지. 하지만 말이야…… 이 세상에는 독불장군은 존재하지 않아. 아니, 존재할 수도 없어. 자네의 실력이 엄청나다고 할지라도 말이야. 하늘 위에는 또 다른 하늘이 있는 법이야. 혼자서 강해질 수 있는 것은 한계가 있지. 그럼 어떡해야 할까? 자네의 주변을 강해지게 하면 돼. 자네가 신사동 파를 최고로 강하게 키워 보게. 내 장담하지만 자네의 복수는 훨씬 수월해질 거야."

"이런 식으로 얼렁뚱땅 저에게 조직을 맡기실 생각입니까?"

"오우, 동생 오해하지 마. 자네는 감투만 쓰는 거야. 멋지잖아? 아직 젊은 나이에 회장님 소리 듣는 거. 후후, 대부분의 일은 기현이 할 거야. 자네가 정 싫다면 복수를 끝마치고 기현에게 물려줘도 좋아. 서로 윈윈 하자는 소리지. 자네는 하늘을 마음껏 날아오를 수 있는 날개를 달게. 자네의 눈과 귀, 입과 손발이 되어 줄 거야. 대신…… 조직을 보호해 주게."

"제가 그럴 능력이 되는지 모르겠습니다."

"자리가 그 사람을 만든다는 말이 있지. 아무리 능력이 없는 자라도 떡 하니 사장 자리에 앉혀 놓으면 그만큼의 위엄이 생기는 법이야. 하물며 드러난 동생의 능력이라면 두말할 필요가 없지. 보좌를 할 기현도 있고, 기동이도 쓸 만하고. 자네의 이름에 이끌려 조직에 들어올 능력 있는 건달들도 있을 테고."

"생각할 시간을 주십시오."

"당연하지. 이기적인 말일수도 있지만 나를 위해서라도

회장직을 맡아 주게. 이제는 저 어린 것들과 평화롭게 지내
보고 싶어."

민태는 로봇 장난감을 자신들이 가지겠다면서 티격태격
싸우고 있는 아들들을 따뜻한 눈빛으로 바라봤다.

도수는 몇 마디를 더 하고는 병실 밖을 나왔다.

어깨에 짐 하나가 더 늘어난 느낌이었다.

신사동 파를 맡을 마음은 없지만, 이끌어야 한다는 본능
이 자꾸 그의 뇌리를 이끌었다.

이성과 감성이 충돌한다.

아직은 결정을 내릴 때가 아니었다.

좀 더 심사숙고를 한 다음 민태를 찾아서 얘기를 할 작정
이다.

로비에서 이기동이 기다리고 있었다.

그는 도수를 보며 환하게 웃었다.

많은 사람들이 북적거리는 병원 로비 한복판에서 허리를
넙죽 숙이며 형님, 오랜만에 뵙습니다, 라고 크게 외쳤다.

그의 목소리가 너무 커서 얼굴이 화끈거릴 정도였다.

도수는 주변을 훑었다. 사람들이 수군거리면서 힐끗힐끗
쳐다본다.

"너는 여기 왜 나와 있지?"

도수가 물었다.

"큰 형님께서 형님 지낼 곳으로 안내를 해 주라고 해서
요."

부담이 자꾸 커진다.

이렇게 받기만 하다보면 민태의 부탁을 거절하지 못할 것 같았다.

"큰 형님이 '그놈이 거절할 수도 있어. 그럼 이렇게 말해. 계속 모텔을 전전 할 텐가? 돈 떨어지면 찜질방에서 지낼 텐가? 자고로 남자란 돌아갈 곳이 있어야 하는 법이야. 너무 부담가지지 말게.' 라고 말씀하셨습니더."

이기동은 민태의 말투를 흉내 내며 그대로 말했다.

"알았어, 안내해."

"헤헤, 그럴 줄 알았습니더. 잠시만 요 앞에서 기다리시소. 금방 차 빼 가지고 오겠습니더."

도대체 저 괴이한 말투에는 적응이 안 된다.

온갖 사투리를 버무려서 혼자만의 언어를 만들어 냈다.

오랜 시간 그런 말투는 썼는지 전혀 어색하지 않게 사용한다.

도수는 고개를 끄덕였다.

기동이 큰 덩치로 뒤뚱뒤뚱 뛰어가 병원 밖으로 나갔다. 5분도 되지 않아 SUV 승합차가 병원 앞에 섰다. 번호판에 '허' 자가 적혀 있는 것으로 보아 렌트카였다.

"타십시오, 형님."

기동인 차 뒷문을 열었다. 도수가 차에 올라타자 곧바로 출발했다.

"빌린 찬가?"

"아, 이 차 말입니꺼? 네…… 흑흑, 제 애마가 공장에 들어가서요."

"미안하게 됐군."

"아이고, 그런 말 마시소. 형님 덕분에 저희 애들이 죽다 살아난 거 아입니까. 그에 비하면 아무것도 아니지예. 아주 훌륭하게 전사를 한 겁니더. 이제 병원에 갔으니 말짱하게 고쳐져서 나올 겁니다."

도수는 기동에 말투에 픽 웃고는 등을 등받이에 기댔다.

히터를 강하게 틀어서인지 얼굴이 화끈거렸다. 약간의 졸음도 밀려왔다.

"잠시 눈 좀 붙이고 계십시오. 30분 정도 가야 됩니다."

"부탁 좀 하지."

"걱정 마시라요."

이번에는 북한 말투다.

기동은 개그맨을 해도 성공했을 것이라고 생각하면서 단잠에 빠져들었다.

"형님, 형님, 일어나십시오. 도착했습니다."

기동이 도수를 깨웠다.

도수는 천천히 눈을 떴다. 짧은 시간 눈을 붙였지만 느낌은 몇 배나 긴 시간을 꿈속에서 보낸 느낌이었다.

오래만에 어머니와 동생의 꿈을 꿨다.

가족은 서해안 주문진 해수욕장에 있었다.

도수가 7살, 도영이 5살이었다.

갯벌이 넓게 퍼져 있어 오전이면 조개와 조그마한 개들을 잡고 놀기에 좋았다.

동해안처럼 물이 맑지는 않지만 물이 얕아서 빠질 위험은 적었다.

도수와 도영은 사람들이 보는 앞에서 훌렁훌렁 옷을 벗고 수영복으로 갈아입었다. 아이들이 물속으로 텀벙텀벙 뛰어가자 어머니가 뒤를 쫓았다.

아버지는 6인용 텐트를 혼자서 쳤다. 혼자서하니 꽤나 고생했을 것이다.

가족은 스텔라라는 승용차를 타고 왔다. 당시에는 꽤나 고급차에 속했던 때였다.

가끔 아버지가 유치원으로 도수와 도영을 데리러 오면 친구들이 부러워했던 것이 기억난다.

그러고 보니 초등학교에 입학했을 때 집에서 비디오가 있는 집은 도수와 반장네밖에 없었다.

친구들이 놀러 와서 비디오를 틀어 주면 엄청 부러워하던 눈빛이었다.

저녁이 되자 아버지는 버너에 삼겹살을 구웠다. 두 근이나 샀지만, 도수와 도영이 거의 다 먹어 치웠다. 아버지와 어머니는 웃으면서 많이 먹어라 말을 했었다.

보기만 해도 배가 부른 모양이었다.

도수와 도영이 잠이 들었을 때 어머니와 아버지는 둘이 손을 잡고 텐트를 나섰다. 무엇을 했는지 알 수는 없었다.

둘이 테이트를 했든지, 회에 소주를 한잔했든지 했을 것이다.

"형님, 다 왔습니다."

다시 기동이 도수의 어깨를 잡고 조심스럽게 흔들었다.

도수가 눈을 떴지만 무슨 꿈을 꿨는지 기억이 나지 않았다. 무척 기분이 좋았다는 것만 느낄 뿐이었다.

어쩐지 아련한 추억 속을 거닐었던 기분이다.

"수고했어, 여긴가?"

차에서 내린 도수가 주머니에 손을 넣고 높게 자란 나무를 보며 말했다.

나무는 그것 하나뿐만이 아니었다. 옆으로 네 그루의 나무가 더 있었다.

"네, 일산입니다. 서울로의 교통도 좋고, 올림픽 도로를 타면 강남까지 금방 갑니다."

기동은 열쇠로 대문을 땄다.

대문 안쪽으로 꽤나 널찍한 마당이 있었다.

아직 자라지 않은 잔디가 넓게 퍼지고, 바비큐를 해 먹을 수 있는 정자가 한쪽 구석에 있었다. 아이용 그네도 보인다. 축구공과 농구공이 아무렇게나 굴러다닌다.

특이한 것은 마당 한쪽에 농구 골대가 있다는 것이다. 반 코트로 높이는 보통의 농구 골대보다 조금 얕았다.

집 자체는 상당히 낡았다.

그래도 꽤나 넓어 보였다.

족히 50평은 넉넉하게 되는 듯했다. 안으로 들어가면 더 넓을 수도 있었다. 옛날에나 볼 수 있는 파란색 지붕이 인상적이다. 난방을 위해서인지 창문은 현대식으로 바뀌어 있었다.

"여긴 어디지?"

도수가 물었다.

"큰 형님네 댁입니다. 서울에 입성하고 전세를 오고 가다가 처음으로 산 집이라고 하더군요."

기동이 바닥에 떨어져 있던 농구공을 집어서 농구 골대에 던지며 말했다.

"이걸 왜?"

"큰 형님께 말씀 들으셨을 겁니다. 큰 형님은 퇴원하면 지방으로 갈 모양입니더. 이미 집도 알아본 모양이구예. 그래도 이 집을 처분하기가 아까웠던 것 같습니더. 고민을 하다가 형님께 주는 것이 낫다고 생각한 것 같습니더. 형님을 이리로 모시라고 하더군요. 들어오이소."

기동인 열쇠 구멍에 열쇠를 꽂은 후 돌렸다. 그 흔한 도어락도 없었다.

문을 열자 내부가 드러났다.

예전 그대로의 나무로 된 바닥이 있었다. 몇 주 동안 사람이 없었는지 냉기가 풀풀 풍긴다.

기동은 안으로 들어가 보일러를 높였다.

"바닥이 차지예? 형님 부탁으로 몇 번 와서 청소를 했지만, 사람이 없으니 냉골입니다."

도수도 기동을 따라 안으로 들어갔다.

방은 모두 다섯 개였다.

넓은 방이 두 개, 작은 방이 두 개, 옷 방으로 쓰이는 방이 하나.

집은 넓은데 화장실은 하나다.

화장실은 현대식으로 공사를 해서 깔끔하고 정결했다.

찬 느낌도 없었다. 비데도 설치가 되어 있고 유리로 만든 샤워실이 따로 있었다.

혼자서 들어갈 수 있는 작은 욕탕도 만들어 났다.

"겉에서 보는 것보다 괜찮지예? 형님 손이 안 간 곳이 없습니다. 큰 형님이 저렇게 보여도 꽤나 가정적이거든요. 손재주도 있구요. 형님 방은 이쪽입니다."

기동은 도수를 큰 방으로 데리고 갔다.

이미 안에는 모든 물건들이 완벽하게 배치가 되어 있었다.

킹사이즈에 침대와 옷장, 두 명이 앉을 수 있는 작은 테이블과 컴퓨터가 보였다.

도배도 새로 했다.

"여기가 두 번째로 큰 방이지요. 아직 안방의 물건을 빼지 않았으니 당분간 여기서 생활하시면 됩니다. 큰 형님이 이사를 가게 되면 그때 안방으로 옮기시면 됩니더."

"혼자 쓰기에는 너무 넓군."

"청소하고 밥 해 주는 아줌마 부르면 되지 않습니꺼. 그리고 강남 3대 조직 아니 이젠 2대 조직이구만. 신사동 파의 보스이시니 이 정도는 돼야지예. 종태 놈은 이것보다 열 배는 크고 멋진 집에서 살고 있지 않았습니꺼."

"아직 회장 자리를 수락한 적 없다."

"아, 뭐, 그거야……."

자기가 너무 앞서 나갔다고 생각했는지 기동은 뒷머리를 벅벅 긁었다.

"어쨌든 고맙군."

"집에 온도 오를 때까지 나가서 식사라도 하시지예. 이곳이 보기보다 맛 집이 많습니더."

"미안하지만 약속이 있군."

"야, 약속……."

기동은 아쉬운 모양이었다. 입맛을 쩝쩝 다시는 것을 보니.

그는 내일 다시 찾아뵙겠다면서 90도로 인사를 하고는 열쇠를 준 후 집 밖으로 나갔다.

종이쪽지 한 장도 건넸다.

종이에는 집의 구조와 물건들이 어디에 있는지 상세하게 적혀 있었다.

최대한 불편하지 않게 생활하게 해 주기 위한 기동의 배려였다.

그러나 글씨를 무척이나 못 써서 반 정도는 알아보지 못했다.

상당한 악필이었다.

도수는 자신의 방으로 지정된 창문을 열었다.

차가운 공기가 방 안으로 밀려왔다. 텁텁했던 공기는 밖으로 밀려 나갔다.

도수의 방 바로 앞에 장독대가 보였다.

직접 김치와 간장, 고추장을 담아 먹는지 장독대의 숫자는 열 개 가까이 됐다.

장독대 뒤로 높은 담이 있고, 옆집에서 길게 올라온 나무가 있었다.

나무에는 아직 떨어지지 않는 몇 개의 나뭇잎이 위태롭게 팔락거렸다.

날씨는 차지만 햇볕은 따뜻했다. 따스한 햇볕을 맞으니 기분이 좋아졌다.

어떤 인위적인 따뜻함보다도 향기로운 느낌이었다.

도수는 옷장을 열어 보았다.

이미 옷들은 준비가 되어 있었다. 오피스텔에서 지낼 때보다 두 배나 많은 것 같았다.

하지만…… 이상하게도…….

앞일이 순탄하지 않을 것만 같은 예감이 든다.

10.

원죄

WILD BEAST CITY OF

유정을 만나기로 한 곳은 목동 이대 병원 앞이었다.

목동까지 가는 길은 그리 어렵지 않았다.

차가 없어도 목동까지는 충분히 찾아갈 수가 있었다.

버스 한 번을 타고 김포 공항까지 간 다음 5호선을 타고 목동역에서 내리면 된다.

물론 길을 헤매지 않은 것은 아니었다. 김포 공항이 상당히 넓어서 지하철을 어디로 타러 가야 하는지 한참을 헤맸다. 그렇기 오래 걸을 줄은 예상하지 못했다.

목동까지 오는 것은 좋았다.

하지만 목동에서 목동 이대 병원까지 가는 것이 문제였다.

목동이니까 목동역 근처에 있을 것이라 여겼지만 아니었다. 교통편이 상당히 불편했다.

몇몇 사람들에게 물어봤지만 깜짝 놀라 전 아무것도 몰라요, 라고 외치고는 후다닥 달아났다.

어쩔 수 없이 택시를 타야 했다.

택시를 타고 목동 이대 병원에 도착하니 거리가 참 애매했다.

택시를 타기에는 아깝고 그렇다고 걷자니 너무 멀었다. 버스는 어디에서 타는지 도저히 알 길이 없었다.

어쩐지 진이 빠지는 도수였다.

유정은 병원으로 들어가는 입구에서 기다리고 있었다.

도로가 널찍하지만 상가 지역은 아닌 듯했다.

도수는 블랙 정장에 갈색 코트를 입었다. 옷장 안에 다른 옷들이 있었지만, 도수가 도저히 입을 수가 없었다.

형수의 취향인 듯한데, 무지개색 티셔츠에 곰돌이 혹은 이상한 펭귄 캐릭터가 들어가 있었다.

처음에는 장난하는 줄 알았다.

하나 안방에 걸려 있는 민태의 옷을 보고 아니라는 것을 알았다.

밖에서는 정장을 입고 있지만 집에서는 아이들과 놀아 주기 위해서인지 대부분이 만화 캐릭터가 그려진 옷들이 걸려 있었다.

어쩔 수가 없이 정장을 입고 나온 것이다.

유정은 청바지에 구두를 신고 있었다.

머리를 뒤로 질끈 묶고 청색 반코트를 입었다. 그녀는 도수를 보며 새침한 표정을 지었다.

"오래엔~만이네요, 도수 씨."

"네, 오랜만입니다. 그동안 연락 못 드려 죄송했습니다."

"뭐, 그렇게 정중하게 사과를 할 것까지는 없고요. 화가
조금 났는데 그래도 얼굴 보니 좋네요."

"그렇습니까."

"도수 씨는 너무 사무적인 말투에요, 항상 딱딱하고. 친
구 없죠?"

"없습니다."

두 번 생각하지 않고 대답했다.

"그것 봐요. 왜 그런지 알아요? 그건 도수 씨가 너무 접
근하기 어려운 사람이라 그래요. 어렸을 적에도 그랬죠?"

어렸을 적이라.

지금보다는 친구가 많았던 것 같다. 비록 연락이 되는 친
구들은 없지만.

"글쎄요, 잘 모르겠습니다."

"모르는 게 아니라 확실해요."

자신도 모르는 일을 유정이 확실히 알다니, 참으로 별난
일이다.

"말투는 조금만 부드럽게, 가끔은 상대방에 대해서 웃어
주기도 하고. 중간에 대화를 딱딱 끊지 말고. 그래야 친구
가 생기죠."

"그렇습니까."

"또, 또. 로봇처럼 그, 렇, 습, 니, 까가 뭐예요. 조금만 부드럽게 말을 해 보라니까요."

"그렇습니까."

"호호, 훨씬 낫네요. 그래도 도수 씨는 친구 사귀기가 참 힘들겠어요. 도수 씨를 알고 나면 괜찮은 사람인 줄 알지만 그전이 문제네요. 처음에 말을 붙이기도 힘드니 원."

"바꿀 마음은 없습니다."

"그래요? 그럼……."

유정은 말을 줄였다.

딴청을 피우는 듯 잠시 도로 건너편을 바라봤다.

도로 건너편을 바라본 것인지 시선은 명확하지 않았다. 그저 그쪽으로 고개를 돌렸을 수도 있었다.

다시 도수를 바라본다.

"저랑은요?"

"네? 유정 씨랑 뭐……."

"저랑도 계속 이렇게 사무적으로 말을 할 거냐구요."

무슨 말인지 이해가 가지 않는다.

도수는 바로 대답하지 못했다.

"그러니까 저랑 계속 네, 네, 씨, 씨, 이럴 거냐고요."

답답하다.

말을 돌리지 말고 속 시원하게 얘기를 했으면 한다.

유정도 답답한 모양이었다. 자신의 가슴을 손으로 탕탕 치더니 도수의 눈을 똑바로 보고 말했다.

"도수 씨. 아니, 오빠."

갑자기 변한 그녀의 말투에 도수는 적지 않게 당황했다.

그녀와 있으면 항상 돌발 변수가 많았다.

어지간해서 뚝심 있게 평정심을 유지하는 도수였지만 머릿속이 하얗게 변하게 될 때도 부지기수였다.

지금도 그렇다.

도대체 뭐라고 대답을 해야 하지.

"오빠, 말 트죠?"

"그게 무슨 말씀이신지…….."

"유정아, 한 번 불러 보세요. 설마 기현 씨 선배니 저보다 나이가 어리지는 않겠죠. 만약 어리면 정말 쇼킹한 거고."

"34살입니다."

"오, 저랑 7살 차이네요. 궁합도 안 본다는 7살차이. 어쨌든 오빠 맞네요. 반전으로 저 보다 어렸으면 충격적이었을 텐데."

4살 아니던가.

그런데 그런 말이 왜 여기서 나오는지…….

"아무리 생각해도 오빠가 저를 불편하게 여기시는 게 아닌가 해서요. 말을 트면 조금 나아질까 해서…….."

"전 괜찮습니다만."

"그냥 한 번 해 봐요. 유정아."

입이 간질간질 거려서 도저히 입술이 떨어지지가 않았다.

이제껏 누군가를 부를 때 야, 너 등으로 불렀지만 부드럽거나 사랑스럽게 한 적은 맹세코 단 한 번도 없었다.

"제발요. 부탁입니다, 오빠!"

"큼큼."

도수는 헛기침을 했다.

크게 심호흡을 하고는 아주 부자연스럽게 유정의 이름을 불렀다.

"유…… 정…… 아."

얼굴이 다 화끈거렸다. 겨우 이름만 불렀을 뿐이지만 어디론가 숨고 싶었다.

"호호, 드디어 입을 떼셨습니다. 도수 오라버니, 오늘은 여기까지, 차차 나아지겠죠. 천 리 길도 한 걸음부터니까."

유정은 만족한 미소를 지었다.

"그런데 여기에 취재를 하러 왔다면서요."

"아참! 내 정신 좀 봐. 일단 들어가죠, 오~빠."

그녀는 오빠라는 단어에 악센트를 주었다.

나쁘지는 않은 기분이었다.

그 단어는 봄바람처럼 다가왔다. 귓가에서 살랑살랑 대며 향긋한 냄새를 피우는 것처럼.

유정은 도수를 데리고 병원 안으로 들어갔다.

그녀가 타고 온 것으로 여겨지는 고려일보 차량이 보였다.

예전에 봤던 김 선배라는 자가 도수를 보고는 꾸벅 인사를 했다. 도수도 그자를 향해 고개를 숙여 인사했다.

"자, 가지."

추운 날씨에 밖에서 꽤나 기다렸는지 김 선배는 불만스러운 표정이었다.

그러나 도수가 있는 앞에서 불만을 말을 할 수가 없었던지 신경질적으로 앞장서서 걸었다.

유정은 발끝을 들어 도수의 귓가 근처에 요즘 저 사람이 와이프랑 싸워서 신경이 곤두서 있어요, 그래서 저래요, 그러니까 오빠는 신경 쓰지 마요, 라고 말했다.

"다 들었어. 인마, 그거 사생활 침해야."

김 선배는 불만이 가득한 얼굴로 유정을 바라봤다.

"네네, 알아서 모시겠습니다. 어서 가죠."

김 선배와 유정이 간 곳은 5층에 있는 병실이었다.

누가 있는지는 알 수 없었다.

그들이 다가가자 병실 문이 열리며 두 남녀가 나왔다. 수첩을 들고, 허리가 짧은 점퍼를 입은 남자와 키가 작고 단발 머리를 한 푸근한 인상의 여성이었다.

입고 있는 옷은 평범하지만 그들이 형사라는 것은 느낌으로 알아차린 도수였다.

"어이구, 여기도 냄새를 맡으셨나? 별로 건질 것이 없는 사건인데."

남성이 유정과 김 선배를 보면서 이죽거렸다.

그다지 좋은 사이로는 보이지가 않았다. 귀찮다는 느낌이 역력하다.

"흥! 김 형사님, 그러시면 안 되죠. 건질 것이 없다니요.
사실 따지고 보면 이건 말도 안 되는 거라고요. 그 개자식
들이 모두 불기소 처리 됐다면서요? 이게 말이 돼요?"

"엿 같겠지만 어쩌겠어, 이게 현실인걸. 모두 만 14세
미만이야. 판사들은 그놈들이 충분하게 뉘우치고 있다고 생
각했나 봐."

"말도 안 되는 소리하고 자빠졌네. 놈들의 부모 중에서
유명 변호사도 있다면서요? 서로 짜고 치는 고스톱이지
뭐."

"그래, 나도 알아. 그런데 이 기자도 알잖아? 법이라는
것이 돈 없고 힘없는 사람들에게는 냉혹하다는걸."

"어쨌든 수고하라고. 아무리 뒤져 봐도 더 이상 나올 것
은 없어. 놈들은 불기소 처리 되서 학교로 돌아갈 거고. 끽
해야 근신이나 먹겠지."

"그럼 그 여학생은요? 그 여학생은 학교로 돌아갈 수 있
을 것 같아요?"

"낸들 어찌 아나. 그냥 학교를 다니든지 아니면 전학을
가겠지."

"이게 무슨 개뼈다귀 같은 소리에요, 왜 피해자가 전학을
가냐고요."

"어쩔 수 없잖아. 같이 얼굴 보면서 학교생활을 어떻게
해? 하여튼 난 이만 간다고. 나중에 봐, 이 기자, 김 기자."

김 형사는 더 이상 말을 하기 싫다는 듯이 손을 휘휘 젓

고는 엘리베이터가 있는 쪽으로 걸어갔다. 그의 등을 보면서 유정이 씩씩 댔다.

"저것도 경찰이라고. 윗 놈들이 썩으니까 형사들도 저 모양이지."

그들이 들으라고 일부러 크게 말을 한 것 같았지만, 형사들은 뒤를 돌아보지 않았다.

김 선배와 유정이 들어간 병실은 1인실이었다. 병실 안은 썰렁했다. 42인치 벽걸이 TV가 걸려 있고, 뒤로 눕혀지는 의자가 있었다.

작은 냉장고와 TV 밑에 옷장이 다였다.

그들이 들어서자 파마를 한 중년 여인이 힘겹게 일어섰다. 그들을 바라보는 그녀의 눈빛은 적대적이었다.

"또 무슨 일이시죠? 도대체 우리 애를 얼마나 괴롭혀야 직성이 풀리겠어요. 우리 애를 괴롭히지 말고 그 개자식들을 잡아넣으라고요."

김 선배라는 사람이 그녀를 진정시켰다.

그는 자신을 소개했다. 자신들은 언론사에서 나왔으며 이번 일에 대해서 크게 공분을 느낀다고 말했다. 어떡하든 도움이 되고 싶으니 협조를 해 줬으면 좋겠다고 부탁했다.

유정도 거들었다.

같은 여자로서 참을 수가 없다고 말했다.

그런 악질 부모와 아이들은 세상에 싹이 트기 전에 없애야 한다고 과격하게 말했다.

둘의 진심 어린 설득이 통했는지 중년 여인은 땅이 꺼져라 한숨을 쉬고는 고개를 끄덕였다.

도수는 죽은 듯이 누워 있는 소녀를 보았다.

아직 어린 소녀.

중학생으로 보인다. 한 팔에는 링거를 맞고 있었다. 링거 안에서 투명한 액체가 한 방울씩 똑똑 떨어졌다.

언뜻 보기에도 소녀의 상태는 좋지 않았다.

소녀는 눈동자는 초점이 없고 공허했다. 그녀는 눈동자 한 번 깜빡이지 않고 허공을 바라보고 있었다.

대화와 상황을 종합해 보니 저 어린 소녀가 어떤 일을 당했는지 짐작을 할 수가 있었다.

자신이 낄 자리가 아니다.

유정이 무슨 생각으로 자신을 이곳에 데리고 왔는지 모르지만 병실 안에 있기 상당히 부담스러웠다. 유정과 김 선배가 조심스럽게 소녀를 불렀다.

그녀가 천천히 돌아누웠다. 소녀의 눈동자에서 극심한 공포가 보였다.

도수는 조용히 병실 문을 열고 밖으로 나왔다. 그녀의 눈동자를 보고 있자니 뭔지 모를 울분이 속에서부터 솟구쳐 오르는 것을 느꼈기 때문이었다.

도수와 유정은 병원 근처 찻집에 앉아 있었다.

도수가 커피 맛을 잘 모른다고 하자 유정이 알아서 시켰다.

그녀는 에스프레소 한 잔과 카페 라떼를 사 가지고 왔다.

그녀가 에스프레소를 마시고, 도수에게는 카페 라떼를 주었다.

달달한 맛이 나쁘지는 않았다.

김 선배라는 사람은 먼저 볼일이 있다면서 차를 몰고 갔다. 좋은 시간 보내라는 말도 빼놓지 않았다.

"그 여학생에게 무슨 일이 있었던 겁니까?"

도수가 물었다.

"있었던 거니, 라고 해야죠."

"네?"

"있었던 거니, 해 보시라고요."

또 이러는군.

도수는 멋쩍은 표정을 지으며 말을 정정했다.

"무슨 일이 있었던 거니."

몇 글자만 바꿨을 뿐인데 훨씬 말투가 부드러워졌다.

글자에는 힘이 있다고 하더니 정말 그렇게 느껴졌다. 자신도 놀랄 정도였다.

"그 아이는 이제 중학교 1학년이에요. 작년에 초등학교를 졸업한 어린아이죠. 이름은 혜미예요, 예쁘죠?"

도수가 그렇게 말을 하고 나서야 유정은 이야기를 시작했다.

"네 놈이었어요, 그 아이를 그렇게 만든 것은. 같은 반 동급생이었죠. 소위 노는 일진 아이들이었죠. 그 아이들은

혜미를 1년간 지속적으로 괴롭혔나 봐요. 학교생활 초기만
하더라도 반에서 1~2등을 다투던 혜미의 성적은 곤두박질
을 쳤죠. 극심한 스트레스를 받았으니까요. 선생도 어머니
도 이유를 알 수가 없었죠. 그저 중학교 공부가 초등학교와
는 많이 다르구나, 라고 느꼈다고 해요."

"왜 선생님이나 부모님께 말하지 않았지?"

"혜미의 어머니 때문이에요."

"어머니가 왜."

"홀어머니거든요. 아버지는 혜미가 2살 때 암으로 돌아
가셨다고 하더군요. 그때부터 혜미의 어머니는 혼자서 아이
를 키웠어요. 여자 혼자서 키우니 얼마나 힘들었겠어요. 아
침부터 저녁까지 쉬지도 않고 일했죠. 기특하게도 혜미는
자신의 처지를 이해했어요. 어머니를 가장 기쁘게 하는 것
은 공부를 열심히 하는 것이라고 아이는 생각했죠."

"홀어머니라……."

문득 자신의 어머니와 겹쳐진다.

아버지가 그렇게 가고 어머니는 눈물 겹게 일을 하면서
두 형제를 키웠다.

아까 봤던 혜미의 어머니와 자신의 어머니가 겹쳐져 보이
는 것은 당연한 일이었다.

"하지만 놈들이 그렇게 두지 않았어요. 단 하루도 빼놓지
않고 그녀를 괴롭혔죠. 때리고, 왕따시키고. 더욱 그녀를
괴롭혔던 것은 다른 반 아이들이었어요. 단 한 명도 그녀에

게 손을 내밀어 주지 않았죠. 친구는 한 명도 없었어요. 오히려 그놈들과 같이 혜미를 괴롭혔죠. 겨울방학이 될 무렵 혜미는 모든 아이들의 장난감으로 전락하고 말았어요. 인성도 파괴되었죠. 때리면 때리는 대로, 시키면 시키는 대로, 심지어 자신의 오줌까지 먹였다더군요."

도수의 눈썹이 꿈틀거렸다.

그건 고문이나 마찬가지였다.

고문은 상대방에게 무엇을 알아내기 위하여 가하는 것이다. 그러나 그들이 한 것은 오직 재미였다.

어린아이들이 행한 짓이라고는 너무도 잔인했다.

"겨울방학이 되는 날이었어요. 방학식은 빨리 끝마쳤고, 잠시나마 혜미에게 평화가 찾아왔죠. 최소한 방학 동안은 자신을 괴롭히지 않을 것이라 여겼을 거예요. 하지만 그 자식은 끝까지 혜미를 괴롭혔어요. 화장실로 데리고 가서 혜미를 강간한 거죠. 아이는 필사적으로 반항을 했죠. 제발 살려 달라고, 한 번만 봐달라고, 외쳤겠죠. 그러나 놈들은 꿈쩍도 하지 않았어요. 오히려 그런 그녀의 모습을 즐겼죠. 그놈들은 혜미의 교복을 찢고, 속옷을 벗기고, 차례대로, 차례대로…… 겁간했어요. 더군다나 그놈들은 혜미를 죽기 직전까지 때렸죠. 처음에 수위에게 발견되었을 때 죽은 줄 알았다고 했어요. 완전히 만신창이였거든요."

마지막 말을 했을 때 유정은 주먹을 꽉 쥐었다. 굉장히 분하고 억울한 모습이었다.

"그 자식들은 불기소 처분을 받았어요. 쌍방 폭행이라고 하네요. 혜미는 자신을 보호하기 위해서 화장실에 있던 대걸레 자루를 들었어요. 그게 쌍방 폭행이 된 거죠. 강간이요? 그건 무혐의 처리가 됐어요. 혜미는 당했다고 하지만 그쪽에서는 그런 적이 없다고 했거든요. 증거도 없었고요. 혜미는 그 몸으로 집에 돌아와서 몇 시간 동안 씻었나 봐요. 자신의 몸이 불결하게 느껴졌겠죠. 그 어린아이가 얼마나 무섭고, 두려웠겠어요."

"아까 그놈들이 학교에 돌아간다는 말은 무슨 뜻이지?"

"말 그대로예요. 불기소 처분이 됐으니 학교로 가는 거죠. 전학 조치도 뭣도 아니라고 하네요. 어이가 없어서. 길어야 근신 3일 정도? 그럼 남은 혜미는 어쩌란 소리인지…… 이미 학교에는 소문이 쫙 났을 거예요. 당한 사람은 혜미인데, 걸레라는 소리를 하고 있겠죠."

"아이들이 그토록 잔인한가?"

"네. 부모들의 영향도 커요. 조기교육을 외치다가 인성교육을 놓치니까요. 저런 상태인데도 놈들의 부모님은 제 자식들 감싸기에 바쁘죠. 자기 아들들은 잘못한 것이 없다, 저년이 꼬리를 친 거다. 뭐, 이런 셈이죠."

"자식이 있는 자들이 남의 자식 귀한 줄은 모르는군."

"제 말이요."

"그래서 네가 대신 나선 건가?"

"대신 나서기보다는 어떡하든 사회적인 면으로 부각시켜

보려고요. 이대로 당하기에는 혜미가 너무 불쌍하잖아요."

도수는 고개를 끄덕였다.

건달들 세계도 그렇지만 평범하게 사회생활을 하는 자들
도 다르지 않았다.

하다못해 때가 묻지 말아야 할 학생들까지도 너무 더럽혀
져 있었다.

역겨웠다.

아이의 마음이 그대로 옮아온 듯했다.

아무리 외쳐도, 아무도 들어 주지 않고, 아무리 울어도,
누구도 봐 주지 않는 끔찍한 세계.

아이는 지옥을 보았을 것이다.

당시의 자신보다 훨씬 어린 나이에 그것을 감당하기는 어
려웠을 것이다.

지금 아이가 살고 있는 곳도 지옥 한복판이었다.

어쩌면…… 영원히 그 지옥의 굴레 속에서 살아야 할지도
몰랐다.

그놈들이 버젓하게 살아 있는 이상, 아이는 살아도 산 것
이 아니리라.

"그놈들이 누구지?"

"궁금해요?"

유정이 되물었다.

도수가 고개를 끄덕였다.

유정은 핸드폰을 꺼내서 놈들의 사진을 보여 주었다.

재판장에 들어가는 모습이었다. 놈들은 그것도 장난으로 여기는지 희죽거리며 웃고 있었다.

"겨우 중학교 1학년밖에 되지 않는 아이들인데, 어른들 뺨치게 잔인하죠. 웃고 있는 모습 보이시죠? 저 모습을 보고 혜미의 엄마가 졸도했어요. 너무 분해서 참을 수가 없었겠죠."

수긍이 간다.

"그래서 넌 이 사실을 사회에 폭로할 것인가?"

"그래요. 다른 사람이 하지 않는다면 제가 해야 할 일이라고 생각해요."

"네가 다칠 수도 있잖아."

"어쩔 수 없어요. 한 발씩 불꽃을 피우면 되요. 조금씩, 조금씩. 작은 불씨는 큰 불이 될 거라고 생각해요. 언젠가 모든 사람들이 공감하여 이런 사회악들은 뿌리째 뽑을 거라고 믿어요. 제가 사회를 바꾸겠다는 큰 생각은 안 해요. 그저 희망일 뿐이죠. 하지만 해야만 돼요. 저는 작은 개울물이에요. 하지만 작은 개울물이 뭉쳐서 강물이 되잖아요. 그렇게 될 거예요."

신념이 가득한 눈빛이었다.

그녀를 보고 있자니 온몸에서 소름이 돋았다.

처음으로 멋지다, 라는 생각도 가졌다.

지금까지 봐 왔던 그녀는 단편적인 모습뿐이었다는 것을 깨달았다.

지금의 그녀가 진짜다.

그녀는 현대사회에 남아 있는 몇 안 되는 전사였다.

"에이, 오빠, 이제 우리 꿀꿀한 얘기는 그만하죠. 전 그냥 이런 억울한 사람들도 있다고 오빠에게 보여 주고 싶었을 뿐이에요. 너무 우울해 하지 마요."

"아니, 잘했어. 느끼는 바가 많았어."

"그럼 우리 소주나 한잔하러 가죠."

"또 술인가."

도수는 질린다는 얼굴로 유정을 바라봤다.

그녀와 만나면 대부분이 술로 끝이 난다.

술을 좋아하는지, 술자리를 좋아하는지는 모르지만 술을 많이 마신다는 것만은 변함이 없었다.

"오늘은 정식으로 오빠, 유정아, 사이가 됐잖아요. 기념으로 한잔해야죠."

"그런 것도 기념이 되나."

"고롬요. 자, 가요. 우리 백수 오빠를 위해서 제가 쏘죠."

"오늘은 내가 쏘지. 이사 기념으로."

"어머, 이사했어요?"

"음, 음."

괜한 말을 했나, 잠시 생각하다고 고개를 끄덕인 도수였다.

그녀라면 당장 오빠 집에 가서 한잔해요, 라는 말이 튀어나올 것 같았다.

다행히도 그러지는 않았다.

"어디로요?"

"일산."

"와우, 혼자 살죠?"

"응."

"집 넓어요?"

"그냥 그래."

"초대해 줄 거죠?"

"봐서."

"에이, 기대하고 있을게요. 제가 맛있는 것 해 드릴게요.
이렇게 보여도 어렸을 때는 조강지처가 되는 것이 꿈이었다
고요. 요리도 좋아하고 그래요. 잘은 못하지만."

"알았어, 기대하지."

도수가 자리에서 일어났다.

유정이 따라 일어났다. 그녀는 냉큼 도수의 옆으로 와서
팔짱을 끼었다.

놀란 도수가 어정쩡한 자세로 서 있었다.

"원래 오빠, 동생 사이는 이러는 거예요."

아무리 도수가 연애를 못해 봤다고 하더라도 오빠, 동생
끼리 이러지 않는다는 것쯤은 알고 있었다.

유정의 친구인 민희가 한 말이 떠올랐다.

"걔는 연애에 숙맥이에요. 잘해 주세요."

어디가? 어디가 쑥맥이란 말인가.

적극적으로 다가오는 것은 그녀였다.

도수조차도 당황스러울 때가 한두 번이 아니었다. 싫은 것은 아니지만 종종 창피할 때가 많았다.

도수는 계산을 하고 밖으로 나왔다.

문을 열고 나왔음에도 유정은 팔짱을 끼고 놓지 않았다.

도수는 놓으라고 말하지 않았다.

둘은 차가운 바람을 맞으며 보도블록을 걸어갔다. 이곳에서 괜찮은 술집들이 많은 거리는 꽤나 멀다고 하였다. 도수는 상관없다고 생각했다.

그녀와 같이 걷는 거리는 지루하지 않았으니까.

건너편 거리에서 진하게 선팅을 한 검은색 차량이 정차해 있었다.

그 차량은 도수와 유정이 찻집에 들어간 순간부터 기다렸다.

위이이잉―

선팅한 창문이 내려왔다.

차량 안에는 네 명의 사내가 타고 있었다. 모두 검은색 정장을 입고 있는 것으로 봐서 건달들로 보였다.

"찍었냐?"

"네, 형님."

"씨발놈, 잡았다. 좆같은 새끼. 꼴에 여자도 끼고 다니네."

누군가 창문에 턱을 대고 멀어져 가는 도수와 유정을 지켜보고 있었다.

영수였다.

도수가 압구정 파와 전쟁을 벌이는 동안 놈은 악착같이 도수를 쫓고 있었던 것이다.

그리고 오늘에야 꼬리를 잡았다.

솜씨 좋은 심부름 센터 다섯 곳에나 의뢰를 맡겼다.

선수금으로 500만 원을 주고 도수를 찾았을 시 1500만 원을 주겠다고 말했다.

보름도 되지 않아 한 심부름 센터에서 연락이 왔다.

그들은 도수가 모텔을 전전하고 있다고 말했다. 그 말을 듣고 영수는 한참이나 웃었다.

자신을 협박하더니, 정작 그놈을 갈 곳이 없어서 모텔을 전전해? 너무도 우스웠다.

영수는 계획을 세웠다.

어떡하면 속이 시원하게 놈을 처리할까.

도영이 놈처럼 해 버릴까, 10년 동안 술 담배를 안 했으니 장기는 튼튼할 것이다.

그래, 장기를 팔아먹으면 되겠군.

돈도 벌고, 골치 아픈 놈도 처리하고.

어차피 놈은 연고도 없었다. 팔다리를 잘라 쓰레기봉투에 넣어서 버려도 아무도 모를 것이다.

도수를 두려워했다는 자신이 한심하게도 느껴졌다.

"어쩔까요? 형님."

운전석에 타고 있던 영수의 보기가드 중에 한 명이 물었다.

"잠깐만 생각 좀 해 보자. 방금 그년 꽤 예뻤지?"

"네, 괜찮은 것 같았습니다."

"좋아. 개새끼, 한 번 당해 봐라. 네놈이 보는 앞에서 저년을 끝장내 주마. 나를 건드린 대가다."

영수는 도수의 등을 보며 섬뜩하게 미소를 지었다.

〈『맹수의 도시』제3권에서 계속〉

WILD BEAST City
맹수의도시

1판 1쇄 찍음 2014년 1월 6일
1판 1쇄 펴냄 2014년 1월 9일

지은이 | 동 은
펴낸이 | 정 필
펴낸곳 | 도서출판 **뿔미디어**

편집장 | 이재권
기획 · 편집 | 윤영상
편집디자인 | 이진선

출판등록 | 2002년 9월 11일 (제1081-1-132호)
주소 | 경기도 부천시 원미구 상동로 117번길 49(상동) 503호 (우)420-861
전화 | 032)651-6513 / 팩스 032)651-6094
E-mail | bbulmedia@hanmail.net
홈페이지 | http://bbulmedia.com

값 8,000원

ISBN 978-89-6775-987-2 04810
ISBN 978-89-6775-985-8 04810 (세트)

http://www.bbulmedia.com